Fernando Pessoa por Rodriguez Castañé, 1912.

O Marinheiro

Clássicos Ateliê

Coordenação de
José de Paula Ramos Jr.

CONSELHO EDITORIAL
Aurora Fornoni Bernardini – Beatriz Muyagar Kühl
Gustavo Piqueira – João Angelo Oliva Neto
José de Paula Ramos Jr. – Leopoldo Bernucci
Lincoln Secco – Luís Bueno – Luiz Tatit
Marcelino Freire – Marco Lucchesi
Marcus Vinicius Mazzari – Marisa Midori Deaecto
Paulo Franchetti – Solange Fiúza – Vagner Camilo
Walnice Nogueira Galvão – Wander Melo Miranda

Fernando Pessoa

O Marinheiro

Edição de
António Apolinário Lourenço

Copyright © 2023 António Apolinário Lourenço

Direitos reservados e protegidos pela Lei 9.610 de 19.02.98.
É proibida a reprodução total ou parcial sem autorização,
por escrito, da editora.

Dados Internacionais de Catalogação na Publicação (CIP)
(Câmara Brasileira do Livro, SP, Brasil)

Pessoa, Fernando, 1888-1935
O Marinheiro / Fernando Pessoa; edição de
António Apolinário Lourenço. – 1. ed. – Cotia, SP:
Ateliê Editorial, 2023. – (Clássicos Ateliê)

ISBN 978-65-5580-116-3

1. Teatro português I. Lourenço, António
Apolinário. II. Título. III. Série.

23-165596   CDD-869.2

Índices para catálogo sistemático:
1. Teatro : Literatura portuguesa 869.2
Aline Graziele Benitez – Bibliotecária – CRB-1/3129

Direitos reservados à
ATELIÊ EDITORIAL
Estrada da Aldeia de Carapicuíba, 897
06709-300 – Cotia – SP – Brasil
Tel.: (11) 4702-5915 | contato@atelie.com.br
facebook.com/atelieeditorial | blog.atelie.br
instagram.com/atelie_editorial | www.atelie.com.br
threads.net/@atelie_editorial

Impresso no Brasil 2023
Foi feito o depósito legal

Sumário

Introdução 9
Na Gênese de *O Marinheiro*:
   O Grupo do *Orpheu* e o Teatro 9
"Que Eu Sou É Sobretudo Dramaturgo".
   O *Fausto* de Pessoa 21
No Umbral do Teatro Estático. Maeterlinck 34
O Marinheiro 48
Esta Edição 62

O Marinheiro: Drama Estático em um Quadro 65

Fac-Símile de *O Marinheiro*, Revista *Orpheu* (1915) ... 89
Referências Bibliográficas 103

Introdução

Na Gênese de *O Marinheiro*:
O Grupo do *Orpheu* e o Teatro

O Marinheiro. Drama Estático em um Quadro foi pela primeira vez publicado no n. 1 da revista *Orpheu*, na qual constituía a única colaboração subscrita diretamente por Fernando Pessoa, pois os seus poemas "Opiário" e "Ode Triunfal" eram identificados como "duas composições de Álvaro de Campos apresentadas por Fernando Pessoa". No final do "drama estático", surgia a data de "11/12 outubro, 1913", que será talvez a data de uma primeira versão da obra ou até uma data fictícia, sendo esta hipótese aventada por Filipa de Freitas e Patrício Ferrari[1], que encontraram no espólio pessoano vários fragmentos deste drama, em português, francês e inglês. A única versão completa é, no entanto, a que foi publicada na revista *Orpheu* e que Pessoa, tão exigente na fixação do cânone da sua obra, nunca renegou. Para os investigadores atrás referidos, que publicaram em 2017 o conjunto dos fragmentos dramáticos que constituiriam o teatro estático que o poeta começou a construir ainda na sua juventude pré-órfica, a versão definitiva de *O Marinheiro* foi redigida em 1914. A versão de outubro de 1913 terá sido então quase seguramente aquela que o futuro autor da *Mensagem* deu para ler a Armando Côrtes-Rodrigues, e à qual se refere como coisa ultrapassada numa carta datada de 5 de março de 1915 e enviada ao seu

---

1. Filipa de Freitas e Patrício Ferrari, "Apresentação", em Fernando Pessoa, *Teatro Estático*, Lisboa, Tinta da China, 2017, pp. 10-11.

amigo e parceiro literário, açoriano de nascimento e entretanto regressado aos Açores[2]. Descrevendo-lhe a estrutura do *Orpheu 1*, Pessoa, sentiu necessidade de deixar expressa a seguinte observação sobre *O Marinheiro*:

> O meu drama estático *O Marinheiro* está bastante alterado e aperfeiçoado; a forma que v. conhece é apenas a primeira e rudimentar. O final, especialmente, está muito melhor. Não ficou, talvez, uma coisa grande, como eu entendo as coisas grandes; mas não é coisa de que eu me envergonhe, nem – creio – me venha a envergonhar[3].

Registre-se, desde já, que o termo *teatro estático* não é uma criação pessoana, pois já havia sido usado por Maeterlinck, nomeadamente no ensaio intitulado "Le Tragique Quotidien", incluído no livro *Le Trésor des Humbles*, de 1896[4], onde, no entanto, dá à expressão uma acepção parcialmente diferente daquela que lhe dará Fernando Pessoa e até muito próxima dos objetivos definidos pelos escritores naturalistas

---

[2]. Natural da ilha de São Miguel, Armando Côrtes-Rodrigues veio para Lisboa, com o objetivo de frequentar o Curso Superior de Letras. Em 1910, foi apresentado a Fernando Pessoa por um amigo comum, António Cobeira. Fez parte dos projetos pessoanos que visavam a criação de movimentos literários e publicações de arte avançada, mas não se encontrava em Lisboa no início de 1915, quando o grupo resolveu substituir, inopinadamente, a ideia de editar uma antologia do Intersecionismo pela revista *Orpheu*.

[3]. Fernando Pessoa, *Correspondência 1905-1922*, Lisboa, Assírio & Alvim, 1999, p. 157.

[4]. "Não sei se se pode dizer que um teatro estático é impossível. Até me parece que ele existe. [...] Agora já não estamos entre os bárbaros, e o homem já não se agita no meio de paixões elementares, que deixaram de ser as únicas coisas interessantes que existem nele. Chegou o tempo de o ver em repouso. O importante já não é um momento excepcional e violento da existência, mas a existência em si mesma" (Maurice Maeterlinck, "Le Tragique Quotidien", *Œuvres 1. Le Réveil de l'Âme. Poésie et Essais*, Bruxelles, Éditions Complexe, 1999, pp. 490-491) [Tradução do Autor da Introdução].

e em particular por Émile Zola[5], salvo na aceitação de forças desconhecidas que perturbam o curso normal da existência humana. Tal não pode ser visto como surpreendente se tivermos em conta que Henrik Ibsen e August Strindberg, dois dos dramaturgos modernos que Maeterlinck mais prezava, tiveram também como ponto de partida esta dimensão – chamemos-lhe trivialmente humanista – do Naturalismo. De qualquer modo, o dramaturgo simbolista belga não deixará de ser uma inspiração para Fernando Pessoa, quando introduz o mistério e a incerteza no seu teatro, valorizando nele presenças irreais ou incorpóreas que condicionam as personagens fisicamente humanas.

Pessoa menciona também *O Marinheiro*, sob o disfarce de Álvaro de Campos, em carta de 4 de junho de 1915 ao *Diário de Notícias*, reclamando contra a classificação de futurista que o jornal atribuíra a um livro de Sá-Carneiro (presumivelmente *Céu em Fogo*, publicado nesse ano). A carta é notável e extraordinariamente clarividente, desde logo quando "desculpa" a ignorância do jornalista, porque este não compreende a "língua em que fala" o escritor, e depois pelo conhecimento que patenteia do Futurismo, com o qual nunca se identificou (nem como Álvaro de Campos, nem enquanto Fernando Pessoa)[6]:

---

5. Em *Les Romanciers Naturalistes*, Zola definiu *Madame Bovary* como uma "reprodução exata da vida, a ausência de qualquer elemento romanesco". Acrescentava que qualquer invenção extraordinária fora rejeitada no romance de Flaubert, faltando-lhe inclusivamente uma intriga, por mais simples que fosse. A matéria do romance seria, pois, idêntica à de um *fait divers*, que o leitor não distinguiria da vida comum (Émile Zola, "Les Romanciers Naturalistes", *Œuvres Complètes*, Paris, Fasquele Editeurs, 1969, vol. 32, pp. 413-414).

6. Sobre a complexa relação de Fernando Pessoa com o Futurismo, veja-se António Apolinário Lourenço, "O Futurismo Antifuturista do *Orpheu*", em Barbara Gori (coord.), *Futurismo, Futurismos*, Canterano, Gioacchino Onorati Editore, 2019, pp. 103-113.

Falar em futurismo, quer a propósito do 1.º n.º *Orpheu*, quer a propósito do livro do Sr. Sá-Carneiro, é a coisa mais disparatada que se pode imaginar. Nenhum futurista tragaria o *Orpheu*. O *Orpheu* seria, para um futurista, uma lamentável demonstração de espírito obscurantista e reacionário.

A atitude principal do futurismo é a Objetividade Absoluta, a eliminação, da arte, de tudo quanto é *alma*, quanto é sentimento, emoção, lirismo, subjetividade em suma. O futurismo é dinâmico e analítico por excelência. Ora se há coisa que [seja] típica do Intersecionismo (tal é o nome do movimento português) é a subjetividade excessiva, a síntese levada ao máximo, o exagero da atitude *estática*. "Drama estático", mesmo, se intitula uma peça, inserta no 1.º número da *Orpheu*, do Sr. Fernando Pessoa. E o tédio, o sonho, a abstração são as atitudes usuais dos poetas meus colegas naquela brilhante revista[7].

Mas sendo *O Marinheiro* uma obra assinada por Fernando Pessoa, "um novelo embrulhado para o lado de dentro"[8], enquanto Álvaro de Campos fora criado para ser uma outra pessoa, mais positiva, mais moderna, menos metafísica (na sua fase *triunfal* e *sensacionista*), o que pensaria o "autor" da

---

7. Fernando Pessoa, *Correspondência 1905-1922*, pp. 163-164.
8. A definição, da autoria do próprio Álvaro de Campos, pode ser encontrada no artigo intitulado "Notas para a Recordação do Meu Mestre Caeiro", publicado na revista *Presença*, n. 30, jan.-fev. de 1931. Escrevendo sobre os vínculos de cada uma das principais personalidades autorais de Pessoa, incluindo o ortônimo, com o Paganismo, que, através dos seus heterônimos, o poeta órfico pretendera revigorar, registrava o "engenheiro": "O meu mestre Caeiro não era um pagão: era o paganismo. O Ricardo Reis é um pagão, o António Mora é um pagão, eu sou um pagão; o próprio Fernando Pessoa seria um pagão, se não fosse um novelo embrulhado para o lado de dentro. Mas o Ricardo Reis é um pagão por caráter, o António Mora é um pagão por inteligência, eu sou um pagão por revolta, isto é, por temperamento" (Fernando Pessoa / Álvaro de Campos, *Notas para a Recordação do Meu Mestre Caeiro*, Lisboa, Estampa, 1997, p. 42).

"Ode Marítima" do seu parceiro de *Orpheu* e que palavras teria para lhe dirigir "Depois de ler o seu drama estático *O Marinheiro* em "*Orpheu 1*":

> Depois de doze minutos
> Do seu drama *O Marinheiro*,
> Em que os mais ágeis e astutos
> Se sentem com sono e brutos,
> E de sentido nem cheiro,
> Diz uma das veladoras
> Com langorosa magia:
>
> "De eterno e belo há apenas o sono. Porque estamos nós falando ainda?"
>
> Ora isso mesmo é que eu ia
> Perguntar a essas senhoras...[9]

Somos desta forma conduzidos para o diálogo interno das personagens da constelação pessoana, num momento em que cada um dos protagonistas tinha o seu espaço muito particular e específico. Este é um dos vários momentos que o sensacionista Campos, esquecido do seu próprio passado decadentista, revela opções divergentes das de Fernando Pessoa[10].

---

9. [Fernando Pessoa], Álvaro de Campos, *Poesias*, Lisboa, Assírio & Alvim, 2002, p. 143. Sob o título de "A Fernando Pessoa", o poema, datado de 1915, foi pela primeira vez publicado em 1928, portanto ainda em vida do autor, em *A Revista da Solução Editora*, n. 4, p. 44.

10. O poema mais representativo do Campos decadentista é evidentemente o "Opiário", igualmente publicado na revista *Orpheu I*. Mas, como é sabido, através da carta que o poeta escreveu a Adolfo Casais Monteiro em 13 de janeiro de 1935, esse poema foi escrito propositadamente para a revista, em 1915, portanto cerca de um ano depois da "Ode Triunfal", para ilustrar o que teria sido Álvaro de Campos "em botão", ou seja, antes de ter

Na sua edição de 1990, em dois volumes, do *Livro do Desassossego*, Teresa Sobral Cunha reproduziu vinte e dois testemunhos de listas de projetos editoriais, que incluíam esse livro que Pessoa começou a escrever em 1913, mas nalgumas dessas listas também aparecem títulos relativos ao teatro estático (ou especificamente a *O Marinheiro*), assim como a variadas outras obras em que trabalhava ou pretendia trabalhar, incluindo diversas obras dos seus heterônimos[11]. Numa dessas listas (a n. 9, p. 41), também reproduzida por Pedro Sepúlveda e Jorge Uribe[12] e por outros editores da obra pessoana, transcreve-se um documento que contém uma enumeração de quatro livros para incluir na Biblioteca da *Europa*, ou seja, uma coleção de livros que faria parte do plano editorial da projetada revista *Europa*, dois dos quais seriam precisamente o *Livro do Desassossego* e o *Teatro Estático*. A referência à revista *Europa*, uma publicação projetada pelo grupo fundador do *Orpheu*, mas anterior à execução do *Orpheu*, que a terá substituído, leva-nos para o ano de 1914, ainda mais decisivo para a afirmação da modernidade literária em Portugal do que o de 1915, por vezes apontado como *termo a quo* do Modernismo luso[13]. A duas obras restantes,

---

entrado em contato com Alberto Caeiro (e com a poesia de Walt Whitman, pode deduzir-se), que, paradoxalmente, o transportou para a modernidade (Fernando Pessoa, *Correspondência 1923-1935*, Lisboa, Assírio & Alvim, 1999, p. 344).

11. Fernando Pessoa, *Livro do Desassossego*, vol. I, por Vicente Guedes / Bernardo Soares, Lisboa, Presença, 1990, pp. 33-55.

12. Pedro Sepúlveda e Jorge Uribe, *O Planeamento Editorial de Fernando Pessoa*, Lisboa, Imprensa Nacional/Casa da Moeda, 2016, p. 71.

13. A revista *Europa* é mencionada tanto na correspondência de Mário de Sá-Carneiro e Alfredo Guisado a Fernando Pessoa como na correspondência de Pessoa para Armando Côrtes-Rodrigues. Em 30 de junho de 1914, Sá-Carneiro, depois de considerar a "Ode Triunfal", de Álvaro de Campos, a "obra-prima" do Futurismo, remata: "meu Amigo, mais do que nunca urge a *Europa!...*"; volta ao tema em 28 de julho do mesmo ano: "Ai a *Europa*! A

isto é, não de autoria pessoana, seriam *Céu em Fogo*, de Mário de Sá-Carneiro, uma compilação de contos e novelas que acabaria por ser publicada, em 1915, numa edição da Livraria Brasileira Monteiro & Comp.ª, e *A Venda*, de António Ponce de Leão, uma peça de teatro que continua inédita, apesar da recomendação de publicação feita pelo crítico teatral português Luiz Francisco Rebello, que teve acesso a manuscritos inéditos de Ponce de Leão, que se encontravam na posse da família[14]. Em 1987, Luiz Francisco Rebello chegou mesmo a publicar um desses manuscritos, a peça teatral *Alma: Original em 1 Ato*, escrita em colaboração com Mário de Sá-Carneiro. Embora Sá-Carneiro, que foi o mais direto e íntimo colaborador de Pessoa em todos os empreendimentos da primeira fase do Modernismo, tenha abandonado precocemente a escrita teatral (não se lhe conhece qualquer tex-

---

Europa! Como ela seria necessária!..." (Mário de Sá-Carneiro, *Em Ouro e Alma. Correspondência com Fernando Pessoa*, Lisboa, Tinta da China, 2015, pp. 224 e 250); quanto a Alfredo Guisado, é numa carta de 27 de julho de 1914 que este declara ser "absolutamente necessário que saia e o mais breve possível" a revista *Europa* (em Fernando Pessoa, *Correspondência Inédita*, Lisboa, Livros Horizonte, 1996, p. 206); mais de meio ano depois, a 4 de março de 1915, na véspera da publicação do primeiro número da *Orpheu*, Pessoa pede ao seu amigo açoriano que lhe confirme se a revista *Orpheu* pode contar com as assinaturas que Côrtes-Rodrigues entendia poder angariar para a *Lusitânia* e a *Europa*, dois projetos de revistas que não chegaram a bom porto (Fernando Pessoa, *Correspondência 1905-1922*, pp. 155-156).

14. "Põe em cena uma situação (e não já apenas uma personagem) de uma grande riqueza psicológica, cujas raízes mergulham no terreno pantanoso do subconsciente, nas obscuras antecâmaras do ser. A luta entre o raciocínio e o sentimento, a violenta explosão de um desejo longamente recalcado, o efeito catártico e libertador da revelação dos fenômenos inconscientes que atormentam o homem e condicionam alguns dos seus comportamentos — de tudo isto, que é a própria substância da psicanálise e das teorias de Freud sobre a sexualidade, se tece e alimenta a intriga dramatizada por Ponce de Leão em *Venda*" (Luiz Francisco Rebello, "Nota Introdutória", em Mário de Sá-Carneiro e Ponce de Leão, *Alma: Original em 1 Ato*, Lisboa, Rolim, 1987, pp. 23-24).

to dramático posterior a *Alma*, tendo-se suicidado em Paris, como é sabido, a 26 de abril de 1916) e de também Ponce de Leão ter falecido muito jovem, em 1918, de gripe pneumônica, Luiz Francisco Rebello valorizava nestes autores uma incipiente ruptura com o paradigma teatral naturalista, então dominante nos palcos portugueses. António Ponce de Leão era um dos colegas de Mário no Liceu Camões e, tal como este, manifestou desde muito novo um extraordinário interesse pela atividade literária e teatral.

Sem os elementos recolhidos por François Castex, antigo leitor da Universidade de Lisboa, para a tese de doutoramento que apresentou na Universidade de Toulouse, pouco se saberia hoje sobre a vida juvenil e estudantil de Mário de Sá-Carneiro e dos seus colegas que, tal como ele, frequentaram, a partir de 1900, na capital portuguesa, e sucessivamente, o Liceu do Carmo, o Liceu de S. Domingos e, finalmente (desde 1909), o Liceu Camões[15]. Para além da reprodução e análise dos documentos que consultou, o estudo de Castex contém testemunhos desses colegas de Sá-Carneiro ou de familiares próximos, que permitem determinar a importância assumida pelo teatro na formação humana e literária destes jovens, genericamente pertencentes à média burguesia lisboeta. Se todos eles frequentaram desde muito jovens os espetáculos teatrais de Lisboa, pois não havia limite de idade para a admissão de espectadores, vários foram aqueles que participaram como atores ou autores nas récitas e saraus que eles mesmos organizaram, sobretudo no período em que estudaram no Liceu de S. Domingos. Rogério Garcia Perez, Tito Bettencourt e Luís Ramos (que adotaria posteriormente o pseudônimo de Luís de Montalvor) são alguns destes nomes, a que convém juntar o incansável Mário Duarte, fun-

---

15. François Castex, *Mário de Sá-Carneiro e a Gênese de "Amizade"*, Coimbra, Almedina, 1971.

dador de diversas sociedades de teatro amador, que, apesar de não ser colega de escola dos nomes citados, colaborou intensamente, como ator e ensaiador, nos espetáculos promovidos por este grupo de jovens estudantes. Sá-Carneiro e Ponce de Leão distinguiram-se sobretudo como "escritores", embora o futuro fundador do *Orpheu* tivesse também participado como ator em alguns desses espetáculos[16].

Dramatiza-se em *Alma* uma situação conjugal estável, que é ameaçada por uma paixão anterior, mal solucionada, entre os primos Ricardo e Clara, que nunca tinham tido a coragem de declarar o seu amor, que jamais deixara de ser puramente espiritual. Clara casara-se, entretanto, com Jorge, poeta e dramaturgo com algum talento, que escrevia uma "peça simbólica" sobre um tema que apresentava claras coincidências com a situação real que as personagens enfrentavam: "Dois entes para serem felizes precisam suprimir um terceiro que os incomoda", resume Jorge a Ricardo, o seu rival. Essa peça de teatro dentro do teatro deveria chamar-se *Crase*[17], por ser a crase, estilisticamente, a "contração de dois sons ou de duas vogais numa só"[18]. O tema, já se vê, apresenta grandes coincidências com *Thérèse Raquin*, mas o desfecho é completamente diverso, porque enquanto no romance de Émile Zola os amantes assassinam Camille, o marido de Thérèse, para viverem livremente o seu amor, o que vai revelar-se impossível, na peça de Sá-Carneiro e Ponce de Leão, regista-se uma inquietante separação dos planos sexual e

---

16. Na *Fotobiografia* de Sá-Carneiro elaborada por Marina Tavares Dias, é possível aceder aos folhetos com os programas de alguns desses espetáculos e descobrir o nome de Mário de Sá-Carneiro no elenco de atores (Marina Tavares Dias, *Mario de Sá-Carneiro. Fotobiografia*, Lisboa, Quimera, 1988, pp. 81-84).

17. E não "Craso" como, por lapso, aparece transcrito na edição impressa.

18. Mário de Sá-Carneiro e Ponce de Leão, *Alma: Original em 1 Ato*, ed. cit., p. 36.

espiritual, cada um deles querendo assumir-se como o mais importante. Ricardo, que é oficial da Armada, parte para Timor para viver afastado da prima, enquanto esta implicitamente reconhece e explicita-o na cena final, que fisicamente só sente verdadeiramente desejo por Jorge, o seu marido. Mas esta não era a primeira produção dramática de Mário de Sá-Carneiro redigida em parceria, pois já antes tinha escrito uma peça em três atos, *Amizade*, em colaboração com o seu colega e amigo Tomás Cabreira Júnior, que se suicidou em 1911, com dezenove anos de idade, em Lisboa, em pleno Liceu Camões. O registro ideológico e estilístico naturalista era, neste caso, ainda mais evidente, uma vez que a peça começava inclusivamente com uma epígrafe em francês de Émile Zola[19]. Esta peça, escrita entre dezembro de 1909 e abril de 1910, chegou a ser levada ao palco pela Sociedade de Amadores Dramáticos, com encenação de Mário Duarte. A representação teve lugar a 23 de março de 1912, no Clube Estefânia, e tanto Mário Duarte como Rogério Garcia Perez participaram nela como atores. A peça, que questionava a possibilidade de existência de uma verdadeira amizade entre pessoas de diferente sexo que não derivasse para um desejo de natureza sexual, foi ainda nesse ano impressa em volume pelo editor Arnaldo Bordalo.

François Castex revela-nos, no entanto, que Mário de Sá-Carneiro, além de colaborar com pequenos textos, incluindo poemas, nestes espetáculos juvenis, também escreveu pelo menos duas outras peças teatrais hoje perdidas. Uma delas, *O Vencido*, foi inclusivamente encenada e representada no Clube Simões Carneiro, em 1905, para um público

---

19. Tradução da epígrafe, extraída do romance *L'Argent*: "uma amizade que levava inevitavelmente à dádiva da pessoa, como acontece entre um homem e uma mulher" (cf. Tomás Cabreira Júnior e Mário de Sá-Carneiro, *Amizade*, em François Castex, *op. cit.*, p. 149).

estudantil e familiar, de acordo com o testemunho de Rogério Perez, que foi, juntamente com Tito Bettencourt, a principal testemunha oral de que dispôs o investigador francês[20]. O enredo, muito simples, dramatizava a história de um descrente na fé cristã, que, depois de recusar a argumentação de um sacerdote, se convertia ao catolicismo na sequência da morte de um filho. A peça foi encenada por Mário Duarte, que também assumia o papel de padre, enquanto Rogério Perez desempenhava o de pai descrente e convertido[21]. Castex dá ainda por provado que Sá-Carneiro escreveu uma outra peça de teatro, *Irmãos*, que foi inclusivamente utilizada como epígrafe de um poema de Luís Ramos, "A Vida", publicado no *Almanaque dos Palcos e Salas* em 1913. Adianta François Castex que, antes de encontrar o poema, já sabia da existência da peça através de um testemunho de Tito Bettencourt, cuja semelhança física com o seu irmão gêmeo, Tarquínio, igualmente colega de Sá-Carneiro, parece ter influenciado o argumento da obra: dois irmãos tão parecidos que se fundiam numa só pessoa[22].

Da análise da correspondência de Sá-Carneiro para Fernando Pessoa, resulta claro que o criador dos heterônimos conheceu bem Ponce de Leão[23] (e também Rogério Perez). Ao longo do ano de 1913, Mário faz inúmeras referências nas suas cartas para Fernando Pessoa a este seu antigo colega,

---

20. Para o conhecimento deste período, é igualmente fundamental o testemunho escrito de Rogério Perez, que acabaria por trocar o teatro pelo jornalismo, publicado no *Diário de Lisboa* em 13 de outubro de 1938, "Biografia Esquecida – Mário de Sá-Carneiro – o Poeta na Rua e na Intimidade", reproduzido no livro de François Castex (*op. cit.*, pp. 395-400).

21. François Castex, *op. cit.*, pp. 65-66.

22. *Idem*, pp. 101 e 383-384.

23. No diário pessoal que foi escrevendo de fevereiro a abril de 1913, Pessoa registra inclusivamente, em 15 de fevereiro, uma visita à casa de Ponce de Leão, que estava então escrevendo *A Venda* (Fernando Pessoa, *Páginas Íntimas e de Autointerpretação*, Lisboa, Edições Ática, 1972, p. 32).

cuja amizade parece colocar num plano quase idêntico àquela que nutre pelo seu interlocutor epistolar. Diz a Pessoa, por exemplo (a 10 de março de 1913), que pode revelar sempre ao Ponce tudo o que vai nas suas cartas[24]. Para além disso, na extensa carta que escreve a 14 de maio de 1913, Sá-Carneiro confessa a Fernando Pessoa que gostaria de escrever uma peça teatral em colaboração com Ponce de Leão, ao qual reconhece "belas qualidades de autor dramático"[25]. Adianta que o título dessa peça será *A Força* e "que é um estudo da 'Desilusão'"[26]. Mas também deixa antever que, esteticamente, a obra – que provavelmente acabou por transformar-se na *Alma*, que foi efetivamente escrita em 1913 – se afasta daquilo que tem estado a escrever e a enviar para apreciação de Pessoa[27]. A verdade é que, ao contrário de outros amigos de Sá-Carneiro, como Luís de Montalvor ou António Ferro, Ponce de Leão não participou na fundação do *Orpheu*, nem se deixou deslumbrar pelas correntes estéticas de vanguarda, que fascinaram Pessoa, Almada Negreiros e outros companheiros geracionais. A sua inclusão na lista de autores a serem editados na coleção da revista *Europa* significa que naquele

---

24. Mário de Sá-Carneiro, *Em Ouro e Alma. Correspondência com Fernando Pessoa*, p. 98.
25. *Idem*, p. 182.
26. *Idem, ibidem*.
27. Na "Tábua Bibliográfica – Mário de Sá-Carneiro" não assinada, mas indubitavelmente da autoria de Fernando Pessoa, publicada na *Presença* em novembro de 1928 (n. 16), o autor de *Mensagem* elenca todos os livros editados do seu amigo, mas indica que irá excluir das suas obras completas tanto a peça de teatro *Amizade* como o livro de contos *Princípio*, assumindo-se como detentor dos direitos de autor que Mário informalmente lhe transmitira (Fernando Pessoa, *Crítica. Ensaios, Artigos e Entrevistas*, Lisboa, Assírio & Alvim, 2000, pp. 374-375). É bem possível que não tivesse sequer conhecimento do manuscrito de *Alma*, na posse da família de António Ponce de Leão, falecido muitos anos antes; mas duvido muito que esta obra contivesse os condimentos necessários para passar por um crivo tão apertado como o de Pessoa, que rejeitava qualquer obra de Sá-Carneiro anterior a 1914.

momento ainda não tinham sido completamente definidas as fronteiras do que viria a ser a "arte avançada" da revista *Orpheu*, se é que alguma vez o foram, mas, sobretudo, que a amizade de Ponce de Leão com o autor de *Princípio* permanecia, ainda em 1914, inquebrantável. Mário de Sá-Carneiro dedicou ao seu amigo *A Confissão de Lúcio*, a sua mais importante obra narrativa, publicada justamente em 1914.

É sabido que outros elementos pertencentes ao grupo fundador do *Orpheu* – Almada Negreiros, Armando Côrtes-Rodrigues, António Ferro (que participou apenas como editor) – também escreveram, e até com êxito, obras teatrais. Mas as suas peças foram escritas muito depois (a partir da segunda década do século xx), sem qualquer tipo de relação com *O Marinheiro* ou o teatro estático.

"Que Eu Sou É Sobretudo Dramaturgo". O *Fausto* de Pessoa

Como se viu, o teatro entrou muito cedo na vida de Mário de Sá-Carneiro, o mesmo acontecendo com Fernando Pessoa, mas numa configuração diferente. Os dois escritores conheceram-se em 1912, interrompendo pouco depois a relação pessoal direta devido à partida de Mário de Sá-Carneiro para Paris, para onde se deslocou com o pretexto de estudar Direito na Sorbonne, cujas aulas nunca frequentou. Por paradoxal que pareça, esta separação física teve consequências benéficas para os dois escritores e desempenhou um papel talvez decisivo no processo de desenvolvimento da modernidade estética portuguesa, porque, em Paris, Mário de Sá-Carneiro pôde contatar uma realidade artística extremamente dinâmica e inovadora, em plena afirmação do Cubismo e do Futurismo, enviando a Pessoa preciosas informações que o ajudaram a definir o seu próprio caminho artístico. Para além disso, a intensa correspondência enviada por Sá-Carneiro a Fernando Pessoa, iniciada a 16 de outubro de 1912 e concluída a 26 de abril de 1916, com uma breve nota de despedida ("Um grande, grande adeus do seu pobre Mário de Sá-Carneiro")[28], permite-nos acompanhar quase laboratorialmente o processo de criação e consolidação da obra literária dos dois escritores até ao suicídio do autor de *Céu em Fogo*. É claro que se perderam as cartas de Fernando Pessoa ao seu amigo e camarada literário, mas encontramos nas missivas do segundo a resposta, e até estranheza, quando toma conhecimento de que Pessoa se desdobrou em vários escritores com estilos e ideologias diferentes, assim como grandes manifestações de entusiasmo perante a leitura de poemas como "Pauis" ou a "Ode Triunfal". Atingiu uma imensa amplitude a influência exercida por Fernando Pessoa sobre Mário de Sá-Carneiro durante esses anos, generosamente reconhecida, mas havia aspectos em que a personalidade dos jovens escritores não coincidia, pois enquanto o segundo, apesar da sua timidez pessoal, ambicionava ser publicamente reconhecido (como muitos dos artistas que ficcionalmente criou), Pessoa parecia preferir começar pelo anonimato, projetando publicar textos literários e até livros em nome de personalidades inventadas. É claro que esse processo só se desencadeou na prática a partir da criação dos heterônimos (ainda sem esse nome, que só surgiria na sua obra a partir de finais de 1928, como veremos). Quando Mário de Sá-Carneiro toma conhecimento da intenção de Pessoa de editar "pseudonimamente" as obras de Caeiro, Campos e Reis não compreende muito bem essa opção, não obstante todas as explicações que recebe do seu amigo sobre a seriedade do desdobramento psicológico. Assim, a 13 de julho de 1914, escreve:

---

28. Mário de Sá-Carneiro, *Em Ouro e Alma. Correspondência com Fernando Pessoa*, p. 494.

Meu amigo, seja como for, desdobre-se você como se desdobrar, sinta-de-fora como quiser, o certo é que quem pode escrever essas páginas se não sente, *sabe* genialmente sentir aquilo de que me confessa mais e mais cada dia se exilar. Saber sentir e sentir, meu Amigo, afigura-se-me qualquer coisa de muito próximo – pondo de parte todas as complicações[29].

É claro que também encontramos na obra de Sá-Carneiro a profunda consciência da duplicidade do eu e da relação conflituosa que se estabelece entre o eu e o outro, com uma gritante presença tanto na sua prosa como na sua poesia, sublimemente expressada no breve poema que todos conhecemos:

Eu não sou eu nem sou o outro,
Sou qualquer coisa de intermédio:
Pilar da ponte de tédio
Que vai de mim para o Outro[30].

Mas era-lhe difícil abdicar da sua condição de autor, substituindo-a por um jogo de espelhos, refletindo cada um uma parte da totalidade, que só seria reconquistada muito mais adiante, cumprindo um plano que se revelou impossível de levar a cabo. Na carta em que assume que pretende escrever uma peça teatral em colaboração com Ponce de Leão, o futuro autor de *Indícios de Ouro* já revelara que lhe daria muito prazer ser reconhecido como autor teatral[31], e, para isso, tanto ele como o seu parceiro autoral parecem ter tido

---

29. *Idem*, pp. 235-236.
30. Mário de Sá-Carneiro, *Poesia Completa*, Lisboa, Tinta da China, 2017, p. 96.
31. "Confesso-lhe que, infantilmente talvez, gostava muito de ver uma obra minha num palco. É que eu, no fundo, amo a vida" (*idem*, pp. 182-183).

consciência de que o teatro simbolista não era do agrado do público e que o caminho para o sucesso teria de passar por outro lado[32]. É claro que Sá-Carneiro acabaria por se render à ideia de que a verdadeira arte deveria abdicar da popularidade, teria de ser complexa e até elitista, como sustentava Fernando Pessoa, mas em 1913 estava ainda a meio de um percurso com muito caminho por percorrer. Num dos últimos poemas que escreveu, "Caranguejola", datado de novembro de 1915, chegaria inclusivamente a escrever:

Daqui a vinte anos a minha literatura talvez se entenda –
E depois estar maluquinho em Paris, fica bem, tem certo estilo...[33]

O teatro tinha sobre a literatura a vantagem de ser uma forma de arte capaz de chegar a um público popular, inclusivamente analfabeto, potencialmente numeroso (nas principais áreas urbanas, que eram aquelas que tinham salas de espetáculos), numa sociedade com muito baixas taxas de escolaridade, e coletivo na sua recepção. O público do teatro, que acorria principalmente aos espetáculos de menor exigência intelectual e que aplaudia calorosamente as principais vedetas da época (como Lucília Simões ou Maria Matos, que também passaram pelos palcos brasileiros), não era entusiasmante para Fernando Pessoa, que já nos seus textos de *A Águia* recusava, na literatura, a popularidade e a tradicionalidade, mas não a nacionalidade, que considerava um elemento essencial da arte[34]. Ao contrário

---

32. "O nosso público [...] não aprecia peças simbólicas", diz uma das personagens de *Alma*, Martim (Mário de Sá-Carneiro e Ponce de Leão, *Alma. Original em 1 Ato*, p. 37).

33. Mário de Sá-Carneiro, *Poesia Completa*, p. 142.

34. Cf. António Apolinário Lourenço, "A Fundação da Crítica Literária Novecentista: os Ensaios de Pessoa n'*A Águia*", *Revista de Estudos Literários*, n. 1, pp. 85-97, 2011.

de Sá-Carneiro, que chegou a ter experiências como ator dramático amador, o palco não interessava particularmente a Pessoa, mais preocupado com o enunciado textual do que com o espetáculo.

Sabemos que a heteronímia pessoana é geralmente vista como uma experiência dramática e que ele próprio a reconheceu assim. Num fragmento não datado, mas que constitui uma das peças mais importantes de todo o seu espólio, para compreendermos o funcionamento da heteronímia, Pessoa questiona diretamente a divisão operada por Aristóteles em poesia lírica, elegíaca, épica e dramática, recusando a existência de uma separação estanque entre esses gêneros poéticos e sustentando, em vez disso, a existência de uma gradação entre eles, no qual a poesia lírica que expressa um único sentimento funcionaria como o grau mais baixo e a poesia dramática sem assumir a forma teatral – ou seja, "um poeta que seja vários poetas, um poeta dramático escrevendo em poesia lírica"[35] – seria o grau superior. Sem prescindir da "covardia do exemplo", como diria Álvaro de Campos[36], o poeta acrescenta:

> Suponhamos que um supremo despersonalizado como Shakespeare, em vez de criar a personagem de Hamlet como parte de um drama, o criava como simples personagem, sem drama. Teria escrito, por assim dizer, um drama de uma só personagem, um monólogo prolongado e analítico. Não seria legítimo ir buscar a essa personagem uma definição dos sentimentos e dos pensamentos de Shakespeare, a não ser que a personagem fosse falhada, porque o mau dramaturgo é o que se revela.

---

35. Fernando Pessoa, *Páginas Íntimas e de Autointerpretação*, p. 107.
36. "Vou definir isto da maneira em que se definem as coisas indefiníveis – pela cobardia do exemplo" (Fernando Pessoa / Álvaro de Campos, *Notas para a Recordação do Meu Mestre Caeiro*, p. 42).

Por qualquer motivo temperamental que me não proponho analisar, nem importa que analise, construí dentro de mim várias personagens distintas entre si e de mim, personagens essas a que atribuí poemas vários que não são como eu, nos meus sentimentos e ideias, os escreveria.

Assim têm estes poemas de Caeiro, os de Ricardo Reis e os de Álvaro de Campos que ser considerados. Não há que buscar em quaisquer deles ideias ou sentimentos meus, pois muitos deles exprimem ideias que não aceito, sentimentos que nunca tive. Há simplesmente que os ler como estão, que é aliás como se deve ler[37].

A citação é longa, mas necessária para se entender como queria o poeta que fosse entendida a heteronímia, ou melhor ainda, como pretendia condicionar a recepção futura do seu legado poético. A heteronímia era, pois, uma projeção dramática da personalidade multímoda de um poeta que (ficcionalmente pelo menos) pretendia viver dramaticamente. É claro que as ideias que expressa neste fragmento se encontram plasmadas noutros escritos (datados e publicados ou vocacionados para publicação), igualmente fundamentais para a explicação da heteronímia. O primeiro desses textos é a "Tábua Bibliográfica" publicada no n. 17 da revista *Presença* (dezembro de 1928), na qual o poeta distingue pela primeira vez obras ortônimas e heterônimas, pois nunca antes tinha chamado heterônimos aos poetas que inventou em 1914 e em cujo nome escreveu alguns dos mais transcendentes poemas da língua portuguesa. É igualmente neste texto que Pessoa classifica de "drama em gente" o teatro íntimo que caracteriza a sua obra poética:

As obras heterônimas de Fernando Pessoa são feitas por, até agora, três nomes de gente – Alberto Caeiro, Ricardo Reis, Álvaro de

---

37. Fernando Pessoa, *Páginas Íntimas e de Autointerpretação*, pp. 107-108.

Campos. [...] As obras destes três poetas formam, como se disse, um conjunto dramático; e está devidamente estudada a entreação intelectual das personalidades, assim como as suas próprias relações pessoais. Tudo isto constará de biografias a fazer, acompanhadas, quando se publiquem, de horóscopos e, talvez, de fotografias. É um drama em gente, em vez de em atos[38].

Também fundamentais para a compreensão da heteronímia são as cartas que Pessoa escreveu ao poeta e crítico Adolfo Casais Monteiro a 13 e a 20 de janeiro de 1935. Deixaremos de parte a primeira, a mais longa e detalhada, mas também mais conhecida e mais fácil de encontrar (pois é geralmente conhecida como a carta sobre a gênese da heteronímia) para nos fixarmos na segunda, na qual o poeta quis plasmar aquilo que entendia não ter deixado suficientemente claro na primeira, e que portanto a complementava: "O que sou essencialmente – por trás das máscaras involuntárias do poeta, do raciocinador e do que mais haja – é dramaturgo"[39].
Mas sendo isto verdade, e admitindo também que as primeiras manifestações de desdobramento psíquico, despersonalização, fragmentação psicológica (ou simplesmente de mistificação autoral) são anteriores à criação dos heterônimos reconhecidos e assumidos por Fernando Pessoa, é igualmente indesmentível que o primeiro grande projeto editorial abraçado por Pessoa, e nunca concluído, tinha tam-

---

38. Fernando Pessoa, *Crítica. Ensaios, Artigos e Entrevistas*, ed. cit., pp. 404-405.
39. Fernando Pessoa, *Correspondência 1923-1935*, ed. cit., p. 350. Leia-se igualmente o que o poeta já anteriormente escrevera, numa carta dirigida a João Gaspar Simões e datada de 11 de dezembro de 1931, na qual também reivindicava a sua condição de poeta dramático: "O ponto central da minha personalidade como artista é que sou um poeta dramático; tenho, continuamente, em tudo quanto escrevo, a exaltação íntima do poeta e a despersonalização do dramaturgo" (*idem*, p. 255).

bém uma relação direta com o teatro e especificamente com o teatro poético. Refiro-me, evidentemente, ao *Fausto*, no qual o poeta trabalhou – de acordo com os dados recolhidos e divulgados pelo investigador brasileiro Carlos Pittella – entre 1907 ou 1908 e 1933, sem nunca se ter sequer aproximado de uma conclusão. A edição do *Fausto* publicada por Carlos Pittella em 2018 é, conjuntamente com a edição de Teresa Sobral Cunha, intitulada *Fausto, Tragédia Subjetiva*, de 1988, uma das duas edições de referência do *Fausto* pessoano existentes no mercado português, enquanto no Brasil se destaca aquela que Duílio Colombini publicou em 1986: *Primeiro Fausto* de Fernando Pessoa. Uma versão anterior do *Primeiro Fausto* pessoano, bastante parcial tendo em conta o reduzido número dos fragmentos reproduzidos, foi preparada por Eduardo Freitas da Costa (apenas identificado na edição pelas iniciais E. F. C.) e incluída nos *Poemas Dramáticos*, volume VI das *Obras Completas de Fernando Pessoa* das Edições Ática, tendo sido publicada pela primeira vez em 1952. Este volume contém igualmente o "Drama Estático em um Quadro *O Marinheiro*". A este primeiro volume (assim identificado no frontispício da edição), deveria seguir-se um segundo (incluindo, por exemplo, outras peças do teatro estático pessoano), que esta editora nunca publicou.

O apreço do poeta pelo *Fausto* de Goethe ficou plasmado na sua resposta a um inquérito promovido pelo jornal *República* com o objetivo de escolher "O mais belo livro dos últimos trinta anos", publicada na edição de 7 de abril de 1914. É o famoso texto em que o criador dos heterônimos – naquele momento sobretudo conhecido pelos artigos que publicara na revista *A Águia* em defesa da nova poesia portuguesa (não ainda a do seu grupo geracional, mas a dos escritores saudosistas e neogarrettianos da Renascença Portuguesa) – anuncia que a *Pátria* de Guerra Junqueiro superara *Os Lusíadas* na "perfeita organicidade e construção, na unificação e integralização dos complexíssimos elementos componentes"; "no poder puramente visionador e imaginativo"; e "na elevação, intensidade e complexidade do sentimento patriótico e religioso". Acrescentava que, no seu critério, aquele livro de Junqueiro formava "com o *Fausto* de Goethe e o *Prometeu Liberto* de Shelley, a trilogia de grandeza da poesia superlírica moderna"[40]. Tendo em conta que todas estas obras se enquadram na tipologia do poema dramático, entende-se a insistência de Pessoa no seu próprio projeto do *Fausto*, de cujo fracasso talvez não tenha nascido a heteronímia (em 1914, quando o poeta criou os seus heterônimos, era demasiado cedo para reconhecer a impossibilidade de concluir o seu *Fausto*), mas provavelmente a *Mensagem*, enquanto composição literária de feição épico-lírico-dramática[41].

A lenda de Fausto, um sábio alemão de historicidade discutível que teria vivido entre os séculos XV e XVI, e cujo desmesurado desejo de conhecimento o leva a fazer um pacto com Mefistófeles, tem expressão literária desde o século XVI. Fernando Pessoa tinha na sua biblioteca particular exemplares de duas das mais importantes versões literárias do drama fáustico, *The Tragical History of the Life and Death of Doctor Faustus*, de Christopher Marlowe, obra que terá sido originariamente publicada em 1592 ou 1593 (o exemplar existente na biblioteca de Pessoa data de 1912), uma versão inglesa do *Fausto* de Goethe, realizada por John Anster[42], e ainda uma versão francesa da mesma obra, datada de 1907. Como

---

40. Fernando Pessoa, *Crítica. Ensaios, Artigos e Entrevistas*, p. 93.

41. Foi José Augusto Seabra que defendeu que o fracasso do maior projeto literário de Pessoa, o *Fausto*, terá estado "na origem do poemodrama, do poetodrama heteronímicos" (José Augusto Seabra, *O Coração do Texto – Le Cœur du Texte*, Lisboa, Cosmos, 1996, p. 24).

42. Na realidade, há na biblioteca particular de Fernando Pessoa duas edições diferentes dessa mesma tradução, uma de 1867 (que talvez tenha herdado) e outra de 1909.

se sabe, Johann Wolfgang von Goethe publicou o seu *Fausto*, uma obra em que trabalhou durante grande parte da sua vida, em 1808, tendo sido postumamente, em 1832, publicado um segundo volume, com uma estrutura diferente do primeiro: neste último, Fausto consegue libertar-se do pacto demoníaco e derrotar Mefistófeles.

Acresce que, no momento em que iniciava a escrita do seu próprio *Fausto*, um outro livro teve um impacto extraordinário na constituição da personalidade literária de Pessoa. Refiro-me a *El Estudiante de Salamanca*, um poema narrativo da autoria do poeta romântico espanhol José de Espronceda, no qual o protagonista, Félix de Montemar, um D. Juan devasso e provocador, ao perseguir um vulto que julgava ser de uma bela mulher, mas que era na verdade o esqueleto de uma das suas vítimas, é arrastado para a mansão dos mortos, penetrando num universo completamente vedado aos mortais, que descreve, usando a perspectiva da personagem, numa espécie de êxtase febril[43]. Fernando Pessoa, que tinha na sua biblioteca uma edição em espanhol das *Obras Poéticas* de Espronceda, publicada em 1876, pela Livraria Garnier, de Paris, viu na epopeia trágica de Montemar um ato de iniciação e desafio do transcendente, o desvelar parcial de um segredo, a que o homem, habitante de um mundo que – de acordo com as concessões religiosas herméticas a que o poeta começava a ser receptivo – se encontra no ponto mais baixo da hierarquia de valores e de conhecimentos do Universo, nunca pode aceder se não simbolicamente. Esse entreabrir ainda

---

[43]. Para uma informação mais detalhada da relação de Fernando Pessoa com este poema, leia-se António Apolinário Lourenço, "*El Estudiante de Salamanca*: Espronceda Leído y Traducido por Fernando Pessoa", em José Manuel González Herrán *et al.* (eds.), *El Siglo que no Cesa. El Pensamiento y la Literatura del Siglo XIX desde los Siglos XX y XXI*, Barcelona, Ediciones de la Universitat de Barcelona, 2020, pp. 306-316.

que lírico (e não real) dos segredos da vida depois da morte terá seguramente perturbado Pessoa (que traduziu para o inglês grande parte da obra e manifestou em diversos projetos editoriais a intenção de a publicar, mas não afastou o seu Fausto, protagonista de uma tragédia lírica muito mais abstrata e alegórica que a de Goethe, da convicção de que "tudo é mistério e o mistério é tudo"[44].

Os critérios editoriais que presidem às edições impressas já referenciadas do *Fausto* pessoano não são coincidentes, como explica Carlos Pittella, porque, enquanto Duílio Colombini e Teresa Sobral Cunha procuraram organizar os fragmentos pessoanos de modo a estabelecer um todo semanticamente coerente, baseando-se, como já fizera Freitas da Costa em descrições sumárias de planos editoriais realizados por Pessoa, sobretudo no mais desenvolvido, que resume apenas o *Primeiro Fausto* e que Pittella entende ter sido redigido apenas por volta de 1918[45], este preferiu dispô-los, na medida do possível, de acordo com a ordenação cronológica do momento da sua escrita, sobretudo baseada nas caligrafias, nas relações com outros textos e nos suportes físicos que contêm essas centenas de poemas e fragmentos, por serem muitos escassos os documentos datados[46]. Deste modo, cada um dos editores recusou ainda que de diferentes maneiras a leitura da obra feita por Manuel Gusmão, que considerava o poema não inacabado, mas impossível[47]. Este é talvez o momento de citar Eduar-

---

44. Fernando Pessoa, *Fausto*, Lisboa, Tinta da China, 2018, p. 74, repetido na p. 125.

45. Cf. Carlos Pittella, "Apresentação", em Fernando Pessoa, *Fausto*, pp. 23 e 27. O documento em causa, que é reproduzido no livro organizado por Pittella como "anexo 87", ocupa nesta edição do *Fausto* pessoano às pp. 344-346.

46. Cf. *idem*, p. 24.

47. "O que podemos conhecer do *Fausto* de Pessoa não é *assim* porque ficou inacabado; mais do que isso, questão outra, trata-se de que esse poe-

do Lourenço, que registra uma substancial diferença entre o *Fausto* pessoano e todos os outros *Faustos*: "À sombra tutelar de Goethe a aventura consignada nestes fragmentos calcinados e luminosos, converteu Fernando Pessoa no Fausto de si mesmo"[48].

Explica Carlos Pittella que a sua opção por publicar cronologicamente os fragmentos do *Fausto* se deve fundamentalmente à impossibilidade de hierarquizar os planos redigidos por Pessoa, ou seja, de definir qual ou quais dos projetos de edição são mais representativos da efetiva vontade do autor (que por sua vez terá mudado com a passagem do tempo), e também à impossibilidade de determinar se cada um dos fragmentos iria fazer parte do *Primeiro*, do *Segundo* ou do *Terceiro Fausto*, pois o autor pretendia igualmente superar numericamente os dois *Faustos* de Goethe. Em suma, perante a dispersão dos fragmentos e a inviabilidade de conhecer com exatidão como pretendia Fernando Pessoa organizá-los, perante a própria forma como nestes fragmentos se refletia a evolução filosófica, moral e religiosa do autor[49], Pittella optou por "libertar a edição do *Faus-*

---

ma ficou inacabado porque o que Pessoa ia escrevendo ao longo dos anos era *assim* […]. Dito de outro modo, trata-se não só de um poema inacabado mas de um poema inacabável, de um poema impossível. E deve ser claro que, impossível, não por falta de tempo de vida, nem por falta de 'talento' (ou do que por isso se possa entender)" (Manuel Gusmão, *O Poema Impossível: o "Fausto" de Pessoa*, Lisboa, Caminho, 1986, p. 213).

48. Eduardo Lourenço, "Fausto ou a Vertigem Ontológica", em Fernando Pessoa, *Fausto. Tragédia Subjetiva*, Lisboa, Presença, 1988, p. XVI.

49. Veja-se, por exemplo, este poema, que expressa uma religiosidade esotérica idêntica à que encontramos em *Mensagem*: "O segredo da Busca é que não se acha. / Eternos mundos infinitamente, / Uns dentro de outros, sem cessar decorrem / Inúteis. Nós, Deuses, Deuses de Deuses, / Neles intercalados e perdidos / Nem a nós encontramos no infinito. / Tudo é sempre diverso, e sempre adiante / De homens e deuses vai a luz incerta / Da suprema verdade" (Fernando Pessoa, *Fausto*, p. 258).

to do produto que não chegou a ser", publicando, "em vez disso, o *processo*"[50].

Não obstante o caráter aproximativo da datação proposta, é fácil compreender que Pessoa não dedicou à elaboração do *Fausto* tempo e atenção similares ao longo de toda a sua vida, pois vários outros projetos se foram sobrepondo a este e muitos deles com resultados muito mais promissores e entusiasmantes, incluindo alguns também nunca concluídos, como o *Livro do Desassossego* ou as "novelas policiárias"*. Na verdade, a maioria dos fragmentos do *Fausto* de Pessoa foram compostos entre 1908 e 1910, tendo sido 1909 o ano mais profícuo. Recuamos assim a um período quase pré-pessoano da oficina do escritor, contemporâneo da elaboração da obra, em inglês, de Alexander Search, o mais importante pré-heterônimo de Fernando Pessoa. Efetivamente, só a partir de 1912 o escritor se revelaria como crítico na revista *A Águia*, só criaria os seus heterônimos em 1914 e só em 1915 se publicaria a *Orpheu*.

A persistência do *Fausto* na agenda criativa de Pessoa, apesar de cada ano a sua concretização ficar mais difícil, até se tornar impraticável (o mesmo aconteceria com a execução plena do projeto do teatro estático), deve-se à fidelidade do escritor aos pontos essenciais do plano original desse poema dramático: a constatação da incapacidade da Inteligência humana para compreender o mundo na sua plenitude, assim descrita no mais detalhado dos fragmentos legados pelo poeta, em que resume o final do seu *Primeiro Fausto*:

---

50. Carlos Pittella, *op. cit.*, p. 23. Também em defesa da sua opção editorial, Carlos Pittella aponta o fato de as edições de Duílio Colombini e Teresa Sobral Cunha, apesar de partirem de pressupostos semelhantes, terem "chegado a ordenações da peça completamente diferentes" (*idem*).

* Designação específica de Fernando Pessoa para "novelas policiais". (N. do E.)

No 5º ato temos, finalmente, a Morte, a falência final da Inteligência ante a Vida. Enquanto se dança e se brinca em uma festa de dia-santo, Fausto agoniza ignorado. E o drama fecha com a canção do Espírito da Noite, repondo o elemento do terror do Mistério, que envolve tanto a Vida como a Inteligência – canção simples e fria[51].

No Umbral do Teatro Estático. Maeterlinck

Fernando Pessoa estreou nas letras portuguesas, como ensaísta, em 1912, na revista *A Águia*, órgão da Renascença Portuguesa, com três artigos dedicados à nova poesia portuguesa, respectivamente intitulados "A Nova Poesia Portuguesa Sociologicamente Considerada", "Reincidindo..." e "A Nova Poesia Portuguesa no Seu Aspecto Psicológico"[52]. Segue-se, ainda em *A Águia*, um comentário à exposição "As Caricaturas de Almada Negreiros" (n. 16, abril de 1913), e finalmente (n. 20, agosto de 1913) um texto de criação literária, intitulado "Na Floresta do Alheamento", que era apresentado como parte do *Livro do Desassossego*, "em preparação". Diretamente relacionado com os ensaios de *A Águia* (2ª série) sobre a nova poesia portuguesa está o artigo que publicou no jornal diário *República*, a 21 de setembro de 1912, intitulado "Uma Réplica ao Sr. Dr. Adolfo Coelho", que é justamente uma resposta às reservas desse antigo professor de Pessoa no Curso Superior de Letras quanto ao iminente aparecimento de um "supra-Camões". No que respeita à publicação de poesia, a primeira ocor-

---

51. Fernando Pessoa, *Fausto*, ed. cit., p. 345.
52. As datas de publicação foram, respectivamente, abril de 1912 (n. 4), "A Nova Poesia Portuguesa Sociologicamente Considerada"; maio de 1912 (n. 5), "Reincidindo..."; e setembro, novembro de dezembro de 1912 (n. 9, 11 e 12), "A Nova Poesia Portuguesa no Seu Aspecto Psicológico".

rência a sério verificou-se apenas em fevereiro de 1914, no n. 1 e único da revista *A Renascença*, dirigida por Carvalho Mourão, um jovem que fazia parte do núcleo de amigos de Fernando Pessoa, mas que, tal como aconteceu com António Ferro, não foi convidado para publicar na *Orpheu* por ser considerado paulicamente imaturo[53]. Ao antecipar-se à *Orpheu*, mas contando entre os seus colaboradores, com algumas das principais figuras dessa revista, que só viria a publicar-se no ano seguinte (Fernando Pessoa, Mário de Sá-Carneiro e Alfredo Guisado), a revista de Carvalho Mourão tem de ser objetivamente considerada um marco histórico no processo de construção do Modernismo português, sobretudo porque foi nela que Pessoa publicou o poema mais emblemático do seu primeiro *ismo*, o Paulismo, cujo nome deriva da palavra inicial do seu primeiro verso: "Pauis de roçarem ânsias pela minh'alma em ouro…" Na verdade, Fernando Pessoa publicou em *A Renascença* dois poemas completamente distintos sob uma mesma etiqueta: "Impressões do Crepúsculo". O primeiro, cujo verso inicial é "Ó sino da minha aldeia", é um poema de tipo tradicional, dividido em quadras heptassilábicas, com rima consoante nos versos pares, como muitos outros que escreveu com a sua identidade civil verdadeira; o segundo, sem título, mas presentemente editado como "Pauis", é o seu primeiro poema de ruptura vanguardista, já algo mais do que um simbolismo exacerbado, escrito em 1913 e bastante elogiado, como já referi, na correspondência de Mário de Sá-Carneiro a Fernando Pessoa[54]. Não esqueçamos que é nesse ano

53. Na realidade, foi a propósito de uma *Antologia do Intersecionismo*, que estava a ser organizada em finais de 1914 e que foi abandonada para dar lugar à revista *Orpheu*, que Pessoa considerou, em carta de 14 de outubro a Armando Côrtes-Rodrigues, "muito crianças, social e paulicamente, o Ferro, o Mourão etc." (Fernando Pessoa, *Correspondência 1905-1922*, p. 127).

54. "Quanto aos 'Pauis'. Como pede, vou-lhe falar com franqueza. E peço-lhe que me acredite. É uma vaidade realmente, mas peço-lhe que me

que Fernando Pessoa planeja e começa a escrever o *Livro do Desassossego* e que é também no mesmo ano que redige uma primeira versão de *O Marinheiro*. Tudo isto, é preciso lembrá-lo, é anterior à criação dos heterônimos, ou seja, ocorre antes do "dia triunfal" de Fernando Pessoa, aquele 8 de março de 1914 em que, a acreditarmos no que o poeta escreveu na carta de 13 de janeiro de 1935 a Adolfo Casais Monteiro, se aproximou de uma cômoda alta e escreveu "O Guardador de Rebanhos" de Alberto Caeiro, "numa espécie de êxtase cuja natureza" não conseguia definir[55].

Num dos relativamente raros documentos do espólio com referência explícita ao Paulismo – conhecido desde 1977, quando Teresa Rita Lopes o transcreveu no seu livro *Fernando Pessoa et le Drame Symboliste: Héritage et Création*, publicado em Paris, e que foi posteriormente reproduzido por Jerónimo Pizarro em *Sensacionismo e Outros Ismos* –, fica relativamente claro que se trata de uma classificação estética imprecisa e até transitória[56] (possivelmente porque a cabeça de Fernando Pessoa já estaria a voar para outros ho-

---

acredite. Eu sinto-os; *eu compreendo-os* e acho-os simplesmente uma coisa maravilhosa; uma das coisas mais geniais que de você conheço. É álcool doirado, é chama louca, perfume de ilhas misteriosas o que você pôs nesse excerto admirável aonde abundam as garras" (Mário de Sá-Carneiro, *Em Ouro e Alma*, pp. 155-156).

55. Fernando Pessoa, *Correspondência 1923-1935*, p. 343.

56. Não só o enunciador textual refere ter informações sobre a natureza transitória do nome da escola literária, como reduz a uma espécie de lenda urbana a escolha do mesmo: "É forçoso de resto reconhecer na poesia ['Pauis'] do sr. Pessoa alguns versos verdadeiramente assombrosos e alguns pontos. [...] Esta poesia, de mais a mais, foi a que deu à escola o nome (dizem-me que provisório) da escola; parece que o sr. Pessoa a recitava por Lisboa, e da sua primeira palavra [...] talhou alguém o nome 'paulismo' para a escola toda" (Fernando Pessoa, *Sensacionismo e Outros Ismos*, Lisboa, Imprensa Nacional-Casa da Moeda, 2009, pp. 99-100).

rizontes). Pessoa simula neste texto, tal como acontece com vários outros do seu espólio, ser um estrangeiro (tudo indica que um inglês) surpreendido com a superior qualidade e o caráter inovador da nova geração de escritores portugueses, mencionando Mário de Sá-Carneiro (autor de três livros, um dos quais – *Princípio*, é evidente – ainda não pertencendo à escola paúlica), Alfredo Guisado e Fernando Pessoa, o único sem qualquer livro publicado[57]. O enunciador textual admite, é claro, a existência de alguma relação entre o Paulismo e o Simbolismo, mas considera que, se por um lado, a escola portuguesa, potenciou e exacerbou os elementos mórbidos já existentes no Simbolismo francês, ela revela também "um desejo furioso de novidade que é talvez o que na arte corresponde ao espírito revolucionário nas sociedades"[58]. Como a síntese feita por este "observador independente" não pode ser completamente laudatória, porque isso espoletaria uma atitude de prudente reserva por parte do destinatário, ela é, sobretudo, instigante:

Apesar de tudo o de doentio e de perigoso – pela facilidade com que se insinua – desta escola, forçoso é reconhecer aos seus adeptos incontestável talento e uma manifesta superioridade sobre quantos outros novos aparecem em Portugal, e talvez não só em Portugal. O que é lamentável é que a própria essência da inspiração deles seja doentia até mais não poder ser[59].

57. "O sr. Fernando Pessoa não tem livro nenhum publicado. Não sei se é para fazer o papel de um Mallarmé português, ou é porque não tenha conseguido, o que se pode acreditar, que algum editor lhe publique uma obra. O sr. Mário de Sá-Carneiro tem três livros, o primeiro fora da nova escola ainda, os dois segundos, publicados simultaneamente há pouco, plenamente nela. São mesmo, com o livro de versos *Distância* de um outro adepto, o sr. Alfredo Pedro Guisado, os únicos livros que a nova escola tem" (*idem*, p. 99).
58. *Idem*, p. 98.
59. *Idem*, p. 100.

Encontramo-nos perante um texto quase seguramente escrito em 1914 (já que inclui os livros de Guisado e Sá-Carneiro publicados nesse ano, mas não ainda os que publicaram em 1915, nem há qualquer referência ao *Orpheu*). Tudo o que aqui se diz é aplicável, evidentemente, a *O Marinheiro*, um dos textos em que Pessoa trabalhava naquele momento, e no qual procurava transmitir uma sensação pessoal, que como escreveu Fernando Matos Oliveira, é *"linguisticamente* incomunicável"[60]. Registre-se, no entanto, que, quando já algo distanciado de 1914, Pessoa revisitou os seus anos de iniciação na literatura, a classificação que lhe ocorre para caracterizar esse seu primeiro período criativo em língua portuguesa é o de Neossimbolismo. Assim acontece, por exemplo, num documento em que agrupa os principais prefácios e manifestos da sua geração, alguns já dos anos 1920, sob o título geral de "Documentos do Neossimbolismo, do Futurismo e do Sensacionismo Portugueses"[61].

Costuma apontar-se como grande modelo do teatro estático pessoano o teatro simbolista de Maeterlinck, que, aos olhos do jovem escritor Fernando Pessoa, gozava do prestígio de ter sido contemplado em 1911 com o Prêmio Nobel da Literatura. Destaca-se, na obra do escritor belga de língua francesa o teatro breve, de um só ato, poético e abstrato, caracterizado pela presença de figuras invisíveis e misteriosas, geralmente anunciadoras da morte, como acontece em duas das suas mais destacadas peças: *L'Intruse* e *Les Aveugles*, publicadas conjuntamente em 1890 e que foram lidas por Fernando Pessoa[62].

---

60. Fernando Matos Oliveira, *O Destino da Mimese e a Voz do Palco*, Braga/Coimbra, Angelus Novus, 1997, pp. 109-110.
61. Fernando Pessoa, *Sensacionismo e Outros Ismos*, p. 439.
62. "A morte que desde logo marca a cena no 'caixão com uma donzela de branco', constitui outra grande presença de *O Marinheiro* e de todo o teatro

De fato, na Biblioteca Particular de Fernando Pessoa, depositada na Casa Fernando Pessoa, em Lisboa, é possível encontrar o *Théâtre* maeterlinckiano, em três volumes (1908-1912), que inclui as peças atrás referidas, e ainda *Monna Vanna: Pièce en Trois Actes*, publicada isoladamente em 1913. Existe ainda um outro livro associado a Maeterlinck: a sua tradução de *Les Disciples à Saïs et Les Fragments*, do escritor alemão Novalis, que é precedida de uma introdução do próprio Maeterlinck. À exceção do drama *Monna Vanna*, publicado pela Charpentier et Fasquelle, de Paris, a casa editora é sempre a mesma: Paul Lacomblez, Éditeur, de Bruxelas. Na verdade, não obstante Fernando Pessoa possuir estes três volumes do teatro de Maeterlinck, a atenção do jovem Pessoa concentrou-se nas duas peças acima referidas, que são as únicas com passagens sublinhadas e outras sinalizações verticais que demonstram o seu interesse por alguns registros linguísticos em particular[63]. Sabemos até quando leu *L'Intruse* e *Les Aveugles*: em junho de 1914, porque assim consta numa lista de leituras deixada pelo poeta[64]. Também sabemos quando comprou o volume I, aquele que contém essas peças, se é que não os comprou em conjunto, porque nesse volume se encontra a assinatura de Fernando Pessoa e a data de aquisição: 13-VI-1914. Fica efetivamente posta em

---

de Pessoa", escreveu Duarte Ivo Cruz nas páginas dedicadas a Pessoa no seu estudo sobre *O Simbolismo no Teatro Português* (Lisboa, ICALP, 1991, p. 62).

63. Há também evidentes sinais de leitura nos *Fragments* de Novalis (frases sublinhadas, traços verticais e até anotações escritas como "curioso" ou "N.B."). Esses registros, contudo, não têm uma relação direta com *O Marinheiro*, mas sim hipoteticamente com o *Livro do Desassossego* e outros textos fragmentários do autor, entre os quais se incluem alguns aforismos de Ricardo Reis.

64. Um documento do espólio reproduzido por Pizarro em *Sensacionismo e Outros Ismos* contém uma breve relação de leituras, que inclui estas obras de Maeterlinck (Fernando Pessoa, *Sensacionismo e Outros Ismos*, p. 449).

causa a datação de *O Marinheiro* na *Orpheu 1*, ainda que seja perfeitamente possível e até provável que Pessoa já tivesse lido anteriormente alguma outra peça de Maeterlinck, por exemplo *Pelléas et Mélisande*, originariamente publicada em 1892, também por Paul Lacomblez, cuja protagonista feminina, ignorante ou propositadamente esquecida do seu passado e das suas origens, apresenta inegáveis afinidades com as Veladoras de *O Marinheiro*. Algo teria de saber o escritor português sobre Maeterlinck, para além de ter sido ganhador de um Prêmio Nobel poucos anos antes, para tomar a decisão de comprar as suas obras.

Em 1923, no prefácio que escreveu para o livro *Douze Chansons*, de Maurice Maeterlinck, Antonin Artaud, quis deixar registrada a peculiaridade do simbolismo do dramaturgo belga, que, no entanto, me parece aplicável a toda a literatura simbolista genuína, como é o caso do que foi praticado por Fernando Pessoa ou o seu mestre Camilo Pessanha: "Os outros simbolistas contêm e ostentam um certo bricabraque concreto de sensações e objetos amados na sua época, mas Maeterlinck emana a sua própria alma. Para ele, o simbolismo não é apenas decorativo, é uma forma profunda de sentir"[65].

Tanto em *L'Intruse* como em *Les Aveugles* o assunto central é a presença e a interferência do sobrenatural no quotidiano da vida humana, que passam despercebidas à grande maioria das pessoas, mas que podem ser captadas por alguns seres em particular, como é o caso dos cegos, nos quais o atrofiamento do sentido da visão lhes permitiu desenvol-

---

65. Antonin Artaud, "Le Nom de Maurice Maeterlinck Evoque Avant Tout une Atmosphère", *La Belgique Fin de Siècle. Romans – Nouvelles – Théâtre: Georges Eekhoud, Camille Lemonnier, Maurice Maeterlinck, Georges Rodenbach, Charles Van Lerberghe, Emile Verhaeren*, Bruxelles, Éditions Complexe, 1997, p. 939.

ver sentidos sobre-humanos, como, por exemplo, a premonição da proximidade da morte, uma presença fisicamente incorpórea, mas cuja realidade não pode ser questionada. *L'Intruse*, a intrusa, é exatamente a morte que entra na mansão da família para levar uma mulher poucas semanas depois de esta dar à luz uma criança, que desde o seu nascimento nunca chorara e quase não se movera. Só o avô, cego, se apercebe da entrada da morte, que pressente, escutando o ruído dos seus passos e movimentos e até a sua voz sussurrante, praticamente imperceptíveis para os outros. E a criança chora pela primeira vez no exato momento em que a vida da sua mãe é arrebatada[66].

Em nenhuma destas peças as personagens têm nome próprio. Em *L'Intruse*, com exceção da criada e da irmã de caridade, identificadas pela sua ocupação, todas as outras personagens são designadas pelo laço de parentesco que existe entre elas (pai, tio, avô, filhas). Em *Les Aveugles* são cegas todas as personagens que têm voz na peça, distinguindo-se apenas, no elenco das personagens, por serem cegos de nascimento ou não, pela idade, pelo sexo, havendo ainda uma cega louca. Todos eles estão internados num asilo, localizado numa ilha, e encontram-se perdidos porque foram levados para longe do asilo, por um guia, um sacerdote velho e doente, que morreu subitamente sem que os cegos se

---

[66]. Assim descreveu Maeterlinck, no seu "Préface au *Théâtre* de 1901", a presença das forças invisíveis e fatais que pululam no seu teatro: "O desconhecido assume na maioria das vezes a forma de morte. A presença infinita, tenebrosa, hipocritamente ativa da morte preenche todos os interstícios do poema. Ao problema da existência responde-se apenas com o enigma da sua aniquilação. De resto, é uma morte indiferente e inexorável, cega, tateando praticamente ao acaso, levando consigo de preferência os mais jovens e os menos infelizes, simplesmente porque se conservam menos tranquilos que os mais miseráveis, e qualquer movimento muito brusco na noite atrai sua atenção" (Maurice Maeterlinck, "Préface au *Théâtre* de 1901", *Œuvres I. Le Réveil de l'Âme. Poésie et Essais*, pp. 496-497).

tenham disso apercebido. Como para os espectadores o corpo do sacerdote é visível, mais absurda se apresenta para eles a situação. Sublinhemos que também em *O Marinheiro* o cadáver da velada tem presença permanente no palco. No final da peça, o cão do asilo irá juntar-se ao grupo, conduzindo-os até ao cadáver do velho sacerdote, mas sem ser capaz de lhes proporcionar a salvação das suas vidas. As personagens encontram-se, evidentemente, numa situação de grande vulnerabilidade, esperando por um guia que bem cedo compreenderam que não irá voltar, e incapazes de decidir se devem continuar a esperar ou se é mais sensato procurarem voltar ao asilo, apenas orientados por um sino longínquo que escutam dar doze badaladas (creem que é meia-noite, mas nem disso têm a certeza). A partir de dado momento escutam também os passos e até os toques da "intrusa". Têm frio, começa a nevar. A imagem da morte só será supostamente vista por um menino de tenra idade, filho da cega louca, que desata a chorar desesperadamente.

No caso de *Pelléas et Mélisande*, o leitor (ou o espectador) depara com uma ação dramática mais elaborada, que recria, em clave simbólica e sob o domínio de um inexorável fatalismo transcendental, um dos grandes temas da literatura universal: o triângulo amoroso com desfecho trágico. A paixão proibida dos protagonistas (porque previamente ao encontro destes Mélisande se apaixonara e se casara com Golaud, irmão de Pelléas, que a encontrara a chorar junto a uma fonte, numa espessa floresta onde caçava, e a conduz ao palácio do rei Arkël, avô de Golaud, irmão de Pelléas). A ação decorre num paço real decadente, erguido sobre subterrâneos tenebrosos, ameaçando iminente ruína e rodeado por uma densa floresta, que mal deixa passar a luz solar, que adensa a carga de mistério e fatalidade que envolve os protagonistas. A síntese da peça feita por Anna Balakian permite ao leitor compreender o paralelismo, mais sintático que semântico, entre esta obra de Maeterlinck e *O Marinheiro*:

> *Pelléas et Mélisande* começa com um encontro casual do herói com a heroína e termina com a natural, embora prematura, morte desta. As personagens não têm qualquer controle sobre qualquer acontecimento, tampouco a tragédia resulta do fracasso das paixões humanas ou da vingança dos deuses. As forças temporais que planejam as coincidências incontroláveis pelo homem e as forças físicas que subjugam materialmente o homem produzem o trauma que subjuga estas personagens, e é graças ao sofrimento que chegam a tomar consciência da natureza fortuita da existência humana aqui na terra[67].

Não obstante a comprovação de que Fernando Pessoa leu *L'Intruse* e *Les Aveugles* e de que partilhou com Maeterlinck princípios estéticos que remetem para o Simbolismo e a sua poética da sugestão e do mistério, apesar mesmo de ter destacado algumas passagens destes livros, que se encontravam na sua biblioteca pessoal, não é fácil detectar em *O Marinheiro* reflexos de uma influência direta destas obras e das referidas passagens no único drama estático que o escritor português concluiu. Na aproximação que estabelece entre estas obras Maria Teresa da Fonseca Fragata Correia, na tese de doutoramento que defendeu em 2012, o exemplo mais convincente de uma possível intertextualidade acaba por ser a descrição do espaço cênico de *L'Intruse* e de *O Marinheiro*, que revela efetivamente algumas coincidências[68]. É esta a didascália que introduz *O Marinheiro*:

---

67. Anna Balakian, *O Simbolismo*, São Paulo, Perspectiva, 1985, p. 105.
68. Cf. Maria Teresa da Fonseca Fragata Correia, *Fernando Pessoa e Maurice Maeterlinck – A Voz e o Silêncio na Fragmentação da Obra*, Tese de

Um quarto que é sem dúvida num castelo antigo. [...] Ao centro ergue-se, sobre uma eça, um caixão com uma donzela, de branco. Quatro tochas aos cantos. À direita, [...] há uma única janela, alta e estreita, dando para onde só se vê, entre dois montes longínquos, um pequeno espaço de mar.

Do lado da janela velam três donzelas.

[...] É noite e há como que um resto vago de luar.

E assim se descreve o espaço em que decorre a ação da peça de Maeterlinck:

Um quarto bastante sombrio num antigo palácio. Uma porta à direita, uma porta à esquerda e uma pequena porta escondida, num ângulo. Ao fundo, janelas com vitrais onde predomina o verde e uma porta vidrada abrindo-se para um terraço. Um grande relógio flamengo num canto. Uma lâmpada acesa[69].

Para Carla Ferreira de Castro, autora de *A Arte do Sonho: Vozes de Maeterlinck em Pessoa*, não há imitação de Maeterlinck por Fernando Pessoa, mas "situações e personagens em alguns aspectos semelhantes àqueles presentes em *L'Intruse* e *Les Aveugles*"[70].

Nos documentos que compõem o espólio deixado por Fernando Pessoa há várias referências a Maeterlinck, que demonstram o interesse do escritor português na obra do dramaturgo belga, mas que não são precisamente reveladores de uma adesão entusiástica à sua produção dramática e às suas ideias. Assim, num fragmento em que defende que,

---

Doutoramento apresentada à Universidade Nova de Lisboa e à Université Michel de Montaigne, Bordeaux 3, 2012, p. 141.

69. Maurice Maeterlinck, *Les Aveugles*, in *Théâtre I*, 21. ed., Bruxelles, Paul Lacomblez, 1908, p. 201. (Tradução do Autor da Introdução.)

70. Carla Ferreira de Castro, *A Arte do Sonho: Vozes de Maeterlinck em Pessoa*, Lisboa, Colibri, 2011, p. 89.

no teatro moderno, a tese ou conclusão do drama, se tiver que existir, tem de ser deduzida da globalidade do enredo (através de um processo simbólico ou sugestivo) e não resultar da fala particular de uma só personagem, Pessoa aponta falhas aos dramas de Maeterlinck ou Dunsany, por se vergarem à "opressão excessiva do símbolo"[71]. Noutro fragmento, reproduzido pela primeira vez, tal como o anterior, na coletânea intitulada *Páginas de Estética e de Teoria Literárias*, Fernando Pessoa aponta Maeterlinck (embora tenha riscado o nome depois de o escrever) como exemplo de escritor "constantemente a expor ideias que não tem"[72]. No entanto, o texto que melhor expressa a opinião de Pessoa sobre Maeterlinck como modelo a ser ultrapassado é um projeto de carta para enviar a um editor inglês, na qual Pessoa, disfarçado de cidadão inglês chegado recentemente a Portugal, tenta cativar o seu interlocutor para as virtudes do Sensacionismo português, apontando as principais qualidades dos seus protagonistas: Mário de Sá-Carneiro, Almada Negreiros, Luís de Montalvor, Álvaro de Campos e Fernando Pessoa. Relativamente a este último, destaca o drama estático *O Marinheiro*, transcrevendo uma "opinião" de um leitor, que teria dito sobre esta obra: "Torna o mundo exterior inteiramente irreal". Para o putativo emissor da carta este leitor tem toda a razão porque "nada de mais remoto existe em literatura", classificando de "grosseira e carnal", quando comparada ao drama estático pessoano, "a melhor nebulosidade e sutileza de Maeterlinck"[73]. A crítica negativa de famosos escritores estrangeiros, para enaltecer a qualidade do seu grupo gera-

---

71. Fernando Pessoa, *Páginas de Estética e de Teoria e Críticas Literárias*, 2. ed., Lisboa, Edições Ática, 1973, p. 89.
72. *Idem*, p. 160.
73. Fernando Pessoa, *Páginas Íntimas e de Autointerpretação*, p. 149. O texto original está escrito em inglês, sendo a tradução de Tomás Kim.

cional era, de resto, como se sabe, uma técnica habitual do autor de *Mensagem*, da qual só escapavam aqueles a que reconhecia verdadeiro gênio, como Shakespeare, Dante, Goethe, Walt Whitman e muito poucos mais.

Mais ou menos na linha de Pessoa, podemos considerar que, não obstante o investimento simbólico transportado para as peças de Maeterlinck, estas têm ainda assim uma linha argumental, um enredo, que está quase completamente ausente de *O Marinheiro*. Apesar da presença do mistério, é possível fazer uma sinopse de qualquer das obras do autor belga que aqui abordamos, enquanto um resumo da peça de Pessoa será aproximativo e aporético. Se Álvaro de Campos não mostrara particular admiração por *O Marinheiro*, pelo menos entendera a sua ausência de sentido. É compreensível que, no *Ultimatum*, tenha chamado a Maeterlinck "fogão do Mistério apagado"[74]. Pessoa é igualmente muito contundente na censura à poesia de Maeterlinck, num fragmento sobre o ritmo paragráfico, de que só sai incólume Walt Whitman[75], principal inspirador das odes sensacionistas de Álvaro de Campos:

Os decadentes franceses usaram um ritmo irregular e sem rima para dizer asneiras: o conteúdo matou o continente. Compreende-se que o infeliz que tomou o conhecimento do ritmo irregular através das imbecilidades de Maeterlinck, nas *Serres Chaudes*, do delírio idiota de René Ghil, das assonâncias sem sentido de Gustave Kahn, identificasse aquela ausência de fundo com a ausência de

---

74. Fernando Pessoa, *Ultimatum e Páginas de Sociologia Política*, Lisboa, Ática, 1980, p. 114.

75. "O primeiro que teve o que depois se veio a chamar sensibilidade futurista – e cantou coisas que se consideravam pouco poéticas, quando é certo que só o prosaico é que é pouco poético, e o prosaico não está nas coisas mas em nós" (Teresa Rita Lopes, *Pessoa por Conhecer II. Textos para um Novo Mapa*, Lisboa, Estampa, 1990, p. 337).

ritmo, nem sempre existente, pois, por exemplo, Khan tem ritmos realmente impressionantes[76].

Para além das obras de Maeterlinck já referidas, outra peça teatral de dimensões breves e esteticamente relacionada com o simbolismo pode ser encontrada na biblioteca particular de Pessoa. Trata-se de *The Theatre of Soul*, do dramaturgo russo Evreinoff, de que Pessoa adquiriu uma edição inglesa publicada no início de 1915. É difícil saber se o livro chegou às mãos do poeta a tempo de poder ter alguma influência na redação final de *O Marinheiro* publicada na *Orpheu 1*, mas há pelo menos um ponto que Fernando Pessoa sublinhou, quando, no esboço de uma crítica à peça *Octávio*[77], se refere ao "espantoso ato *O Teatro da Alma*, de Evreinoff, em que a cena é o 'interior da alma humana' e as personagens, designadas por A^1, A^2 e A^3 etc., são as várias subindividualidades componentes desse pseudossimplex a que se chama o espírito", e que é um procedimento semelhante ao adotado por Pessoa no que diz respeito à denominação numérica que dá às suas Veladoras. Ainda assim, não deixa também de matizar a qualidade dramática da peça de Evreinoff, dizendo que o autor terá feito "inteligência demais e arte de menos na obra, que fica pertencendo, como a maioria das inovações literárias e artísticas

---

76. Teresa Rita Lopes, *Pessoa por Conhecer II*, pp. 337-338.

77. A obra teatral *Octávio*, de Vitoriano Braga, teve a sua estreia em 5 de maio de 1916, no Teatro Nacional, em Lisboa, não obtendo os favores da crítica nem reconhecimento público. Amigo e admirador do dramaturgo, Fernando Pessoa tentou defendê-lo publicamente e também publicá-lo na sua editora Olisipo. Em 2020, Nuno Ribeiro reuniu em livro os testemunhos existentes no espólio pessoano sobre esta peça, juntamente com uma edição da própria peça de Vitoriano Braga: Fernando Pessoa e Vitoriano Braga, *Ensaio sobre o Drama* Octávio; *Octávio: Peça em Três Atos*, Lisboa, Apenas Livros, 2020.

modernas, não à arte mas às curiosidades da inteligência, como os anagramas, os desenhos de um só traço e os poemas univocálicos"[78].

O MARINHEIRO

Como aconteceu com muitos outros projetos editoriais, também *O Marinheiro* deveria ter um enquadramento estético relativamente amplo, tendo sido pensado como um espécime concreto de uma rede de publicações de idêntica natureza, com o título genérico de "teatro estático". Na sua edição do *Teatro Estático*, Filipa de Freitas e Patricio Ferrari juntam a *O Marinheiro* fragmentos de treze outras obras dramáticas de idêntica configuração, em diferentes estádios de elaboração (desde simples esboços a obras com mais de uma dezena de páginas), mas nenhuma concluída ou dada como próxima disso. As "obras" reunidas nessa edição são, para além de *O Marinheiro*, as seguintes: *Diálogo no Jardim do Palácio, A Morte do Príncipe, As Cousas, Diálogo na Sombra, Os Emigrantes, Inércia, Os Estrangeiros, A Cadela, Sakyamuni, Salomé, A Casa dos Mortos, Calvário* e *Intervenção Cirúrgica*.

É claro que grande parte do que hoje consideramos ser a obra de Fernando Pessoa foi publicada nas mesmas condições: resgatada da "arca" pessoana por um quase exército de editores que trouxeram à luz do dia milhares de páginas de excelente literatura, que de outra forma estariam destinadas a uma perda definitiva. Assim aconteceu, por exemplo,

---

78. Fernando Pessoa, *Páginas de Estética e de Teoria e Crítica Literárias*, pp. 93-94. Estas reservas de Pessoa sobre o escritor russo não impediram que uma das obras incompletas do seu teatro estático (uma das mais incompletas, na verdade), *Os Estrangeiros*, fosse dedicada a Evreinoff, como grafa sempre o nome do dramaturgo (cf. Fernando Pessoa, *Teatro Estático*, p. 147).

com o *Livro do Desassossego*, que depois da sua primeira publicação em 1982, cerca de 47 anos depois da morte do autor, rapidamente se transformou numa referência da literatura universal. Mas Pessoa trabalhou afincadamente no *Livro do Desassossego* nos últimos anos de vida, publicou também, no mesmo período, vários excertos do mesmo, e apresenta-o na sua correspondência como uma prioridade de publicação. Em 28 de julho de 1932, anuncia mesmo a João Gaspar Simões que tinha planejado publicar esse livro logo a seguir a *Portugal* (que publicará com o título definitivo de *Mensagem* em 1934), mas que tem dúvidas sobre o tempo que demorará a concluir a sua revisão[79]. Não acontece o mesmo com o teatro estático, que, depois de assumir grande revelo na dedicação literária de Pessoa, vai perdendo fulgor na ocupação da sua mente, estando praticamente abandonada em 1918 a ideia de produzir um volume com todas as peças que para ele esboçou. Filipa de Freitas e Patricio Ferrari transcrevem, como anexos, seis projetos editoriais centrados na organização e publicação do teatro estático pessoano. Esses projetos, identificados como anexos 29 a 34, estão alinhados de acordo com uma cronologia reconstituída pelos autores, registrando-se a curiosidade de o primeiro (*c.* 1913) ser encabeçado com o título de "Teatro de Êxtase" e o último (*post* 1918) de "Teatro Menor"[80], o que já pode ser indicativo de alguma desvalorização desse conjunto de peças em um ato. Em todos estes projetos, com exceção do anexo 33, *O Marinheiro* é a obra que figura em primeiro lugar[81]. E efetivamente é *O Marinheiro* o drama

---

79. "Sucede, porém, que o *Livro do Desassossego* tem ainda muita coisa que equilibrar e rever, não podendo eu calcular decentemente que me leve menos de um ano a fazê-lo" (Fernando Pessoa, *Correspondência 1923-1935*, p. 270).

80. Fernando Pessoa, *Teatro Estático*, ed. cit., pp. 272-274.

81. O "Anexo 33", que os autores presumem ser de 1918, é o único destes anexos que inclui obras não pertencentes ao teatro estático, a saber: *Cinco*

estático que Pessoa continuamente valoriza, mantendo-o sempre como obra que deverá constar das suas publicações definitivas. Por exemplo, na "Tábua Bibliográfica" publicada na *Presença* em 1928, onde considera grande parte das obras que já publicou como "apenas aproximadamente existentes", *O Marinheiro* é uma das que resgata.

> Tem Fernando Pessoa colaborado bastante, sempre pelo acaso de pedidos amigos, em revistas e outras publicações de diversa índole. O que dele por elas anda espalhado é, na generalidade, de ainda menor interesse público que os folhetos acima citados. Abrem-se, porém, mas com reservas, as seguintes exceções:
> Quanto a obras ortônimas: o drama *estático O Marinheiro* em *Orpheu 1* (1915); *O Banqueiro Anarquista* in *Contemporânea* 1 (1922); os poemas *Mar Português* in *Contemporânea* 4 (1922); uma pequena coleção de poemas em *Athena* 3 (1925); e, em o número 1 do diário de Lisboa *Sol* (1925), a narração exata e comovida do que é o *Conto do Vigário*[82].

Ainda que em regra se veja em Maeterlinck o fundador do "teatro estático", a verdade é que o escritor belga, que escreveu profusamente sobre o seu teatro, não pretendeu propriamente liderar uma corrente estilístico-literária com essa designação, nem legou à posteridade (nem a eventuais discípulos) uma clara definição das características dessa hipotética corrente estética, mas alguma coisa do que o autor de *L'Intruse* escreveu sobre teatro, transitou para a definição que Fernando Pessoa deixou plasmada no seu espólio:

> Chamo teatro estático àquele cujo enredo dramático não cons-

---

Diálogos Sobre a Tirania, *Livro do Desassossego*, *Itinerário* e *Quaresma, Decifrador* (idem, p. 274).
82. Fernando Pessoa, *Crítica. Ensaios, Artigos e Entrevistas*, pp. 405-406.

titui ação – isto é, onde as figuras não só não agem, porque nem se deslocam nem dialogam sobre deslocarem-se, mas nem sequer têm sentidos capazes de produzir uma ação; onde não há conflito nem perfeito enredo. Dir-se-á que isto não é teatro. Creio que o é porque creio que o teatro tende a teatro meramente lírico e que o enredo do teatro é, não a ação nem a progressão e consequência da ação – mas, mais abrangentemente, a revelação das almas através das palavras trocadas e a criação de situações. [...] Pode haver revelação de almas sem ação, e pode haver criação de situações de inércia, momentos de alma sem janelas ou portas para a realidade[83].

No que, sem dúvida, os dois escritores estavam de acordo, e Maeterlinck escreveu-o antes de Pessoa, era na identificação da poesia dramática com a alta poesia. O autor de *O Marinheiro* pôde ler no prefácio da sua edição do *Théâtre I* os pontos específicos que o escritor belga via como fundamentais para que o texto poético pudesse ser classificado de *haute poésie*, e seguramente não os desaprovaria, porque também para ele o mistério e o símbolo eram elementos fundamentais da linguagem estética:

A alta poesia, vista à lupa, compõe-se de três elementos principais: primeiro a beleza verbal, depois a contemplação e a pintura apaixonada do que realmente existe ao nosso redor e dentro de nós mesmos, ou seja, a natureza e os nossos sentimentos e, finalmente, envolvendo toda a obra e criando a sua própria atmosfera, a ideia que o poeta tem do desconhecido em que flutuam os seres e coisas que evoca, do mistério que os domina e os julga, e que preside aos seus destinos. Não duvido de que este último elemento é o mais importante[84].

---

83. Fernando Pessoa, *Páginas de Estética e de Teoria Literárias*, p. 112.
84. Maurice Maeterlinck, *Œuvres I. Le Réveil de l'Âme. Poésie et Essais*, pp. 499-500.

A grande diferença é que o escritor português veio a se revelar muito mais profundo e polifacetado, acabando por dar uma voz quase autônoma a cada um dos seus "fantasmas".

A primeira tentativa pessoana de publicação de *O Marinheiro* ocorreu a 25 de maio de 1914, quando Pessoa escreveu ao administrador de *A Águia*, Álvaro Pinto[85], oferecendo a essa revista, para publicação como *plaquette* autônoma, "uma peça num ato de um gênero especial" que definia como *estático*[86]. Álvaro Pinto respondeu quase seis meses depois, através de um postal enviado a 7 de novembro do mesmo ano. Apesar de o título da obra em causa não ser referido, há um total consenso crítico na identificação da peça que Pessoa pretendia publicar sob a chancela de *A Águia*, já que todos os indícios apontam para *O Marinheiro*. Álvaro Pinto parece não ter entendido exatamente o que pretendia Pessoa ou, de fato, como Fernando Pessoa suspeitava, os escritos de criação literária do escritor, ao contrário do que sucedia com os seus ensaios críticos, não agradavam aos responsáveis da revista[87]. Em carta de 12 de novembro, o autor de "Chuva Oblíqua" renunciava a qualquer colaboração futura com o órgão da Renascença Portuguesa[88].

---

85. Álvaro Pinto foi "diretor e proprietário da 1.ª série de *A Águia*, e "secretário da redação, editor e administrador" da 2.ª série, quando a revista passou a ser órgão e propriedade da Renascença Portuguesa..

86. Cf. Fernando Pessoa, *Correspondência 1905-1922*, p. 129.

87. "Sei bem a pouca simpatia que o meu trabalho propriamente literário obtém da maioria daqueles meus amigos e conhecidos, cuja orientação de espírito é lusitanista ou saudosista; e, mesmo que não o soubesse por eles mo dizerem ou sem querer o deixarem perceber, eu *a priori* saberia isso, porque a mera análise comparada dos estados psíquicos que produzem, uns o saudosismo e o lusitanismo, outros obra literária no gênero da minha e da (por exemplo) do Mário de Sá-Carneiro, me dá como radical e inevitável a incompatibilidade de aqueles para com estes" (*idem*).

88. A influência que Fernando Pessoa chegou a ter na revista, conquistada pelos seus artigos críticos, permitiu que também Mário de Sá-Carneiro

Fernando Pessoa relaciona esteticamente, nesta troca de correspondência, *O Marinheiro* com "Na Floresta do Alheamento", mas só o faz na segunda carta, ao contrário do que ele mesmo pensava, porque se mostra convencido que já tinha chamado a atenção a Álvaro Pinto para a semelhança estilística entre as duas obras. Terá esse equívoco precipitado o fim das colaborações de Pessoa em *A Águia*?

Ao contrário do que em geral sucede na literatura dramática, e que também acontece nas obras de Maeterlinck, Pessoa não coloca no início da sua peça a lista de *dramatis personae*. Não se trata de um esquecimento, como é óbvio, mas de uma opção que desvaloriza a individualidade das personagens e aproxima o drama estático da poesia: poesia dramática, portanto, ou seja, ocupando o ponto mais alto da hierarquia poética. Mas se quisermos nós reconstituir o elenco de personagens, quem iremos incluir nessa lista? O Marinheiro?

Se a peça for representada seguindo as regras clássicas da encenação teatral, não será necessário contratar qualquer ator para este papel, pois, apesar de ser a personagem que dá título à obra, é uma personagem aludida, cuja voz não se fará ouvir no palco. Tudo o que é dito sobre o Marinheiro ou em nome do Marinheiro é verbalmente emitido pela Segunda Veladora, que o recorda, o imagina ou, numa leitura mais radical, é construída por ele, em "corpo" e voz, como todas as outras, assumindo ou usurpando, neste caso, o estatuto (ficcional) de demiurgo. Dentro da lógica que exclui o Marinheiro da lista de *dramatis personae*, as verdadeiras personagens serão apenas as Veladoras, mas ser velador não é uma

---

e Armando Côrtes-Rodrigues viessem a colaborar em *A Águia*, onde o primeiro publicou os contos "O Homem dos Sonhos", em maio de 1913, "O Fixador de Instantes", em agosto do mesmo, e "Mistério", em fevereiro de 1914, enquanto Côrtes-Rodrigues publicaria na mesma revista o poema "Sinfonia do Amor", subdividido em dois sonetos (março de 1913).

ocupação que exista por si mesma. Verdadeiramente não se é velador, *está-se* velador, pois o velador só existe, como tal, em função da existência de algo ou alguém que é velado, colocando o leitor ou o espectador perante as evidências e as intermitências da morte. O velado é, no caso em apreço, uma mulher jovem, uma donzela, uma Velada, vestida de branco, o que pode conotar pureza. Podemos relacioná-la, com A Velada que aparece no final de "Na Floresta do Alheamento", constituindo deste modo, para não nos afastarmos da linguagem das artes cénicas, uma espécie de *reprise*, ao ser reposta no palco de *O Marinheiro*, onde ocupa o centro do espaço cênico do princípio ao fim do drama: "Cubramos, ó Silenciosa, com um lençol de linho fino o perfil hirto e morto da nossa Imperfeição..."[89]

O silêncio da Velada de *O Marinheiro*, nem menos nem mais Silenciosa do que a de "Na Floresta do Alheamento", é, simbolicamente, um dos silêncios mais estridentes da literatura dramática portuguesa; mas é verdadeiramente uma personagem teatral? Esse estatuto dependerá fundamentalmente da opção do hipotético encenador. É claro que fisicamente ela é, ainda mais nitidamente do que o Marinheiro, uma personagem, mas será necessário contratar uma atriz para a representar no palco? Não será um papel muito cômodo e ainda menos excitante, porque também cansa se fazer de morto e não é propriamente divertido, mas Maeterlinck, em *Les Aveugles*, coloca o falecido padre (*Le Prêtre*) na lista das suas *Personnages*.

Depois do que foi dito, será possível estabelecer um concludente resumo de *O Marinheiro*? Será sempre uma síntese conjectural, gerada por um enunciado linguístico paradoxal,

---

[89]. Fernando Pessoa, *Livro do Desassossego*, Lisboa, Tinta da China, 2013, p. 82. É esta a edição de referência, mas com a ortografia modernizada, na remissão para o *Livro do Desassossego* (cf. "Pauis": Címbalos de Imperfeição... Ó tão antiguidade / A hora expulsa de si-Tempo!..." – Fernando Pessoa, *Poesia 1902-1917*, Lisboa, Assírio & Alvim, 2005, p. 213).

que José Augusto Seabra designou como *coincidentia oppositorum*, ou seja, trata-se de um discurso construído por proposições que se contradizem a si mesmas, violando portanto as leis da lógica e não permitindo ao leitor uma interpretação coerente e verossímil da factualidade apresentada[90].

Nesta sinopse da obra de Pessoa que foi realizada por Kenneth David Jackson, fica bem patente a incerteza, o mistério e a névoa que envolvem o discurso de *O Marinheiro*:

> Pessoa teoriza a possível existência de um marinheiro, que pode ou não ser verdadeiro, pode ou não ter viajado e pode ou não voltar a uma terra sem nome e a uma torre onde três mulheres e uma defunta velam pela sua aparição na cova que mal se vislumbra da pequena janela de uma torre medieval. É um idílio marítimo sem o mar, de um marinheiro que nunca aparece, mas é considerado a única figura verdadeira da peça. Jogando com ficção e imaginação, no paradoxo que é o teatro estático, emprestado do teatrólogo belga Maurice Maeterlinck[91].

São evidentes, na verdade, as coincidências de conteúdo temático e de natureza semântica entre "Na Floresta do Alheamento" e *O Marinheiro*, porque foram produzidas num período temporal muito próximo e traduzem os ideais artísticos que então dominavam o pensamento estético de Pessoa, em trânsito do Simbolismo para a Vanguarda. Algo semelhante acontece relativamente a alguns poemas e ciclos poéticos desenvolvidos na mesma época, como acontece com "Paúis", "Passos da Cruz" ou "Chuva Oblíqua", o poema ilustrativo por excelência do Intersecionismo, nos quais

---

90. Cf. José Augusto Seabra, "Poética e Filosofia em Fernando Pessoa", *O Coração do Texto – Le Cœur du Texte*, pp. 21-27.
91. Kenneth David Jackson, "Desassossegos Marítimos em Fernando Pessoa", *Congresso Internacional Fernando Pessoa*, Lisboa, Casa Fernando Pessoa, 2017, p. 205.

encontramos igualmente imagens e elementos frásicos sintaticamente semelhantes aos usados nos textos antes referidos, ainda que por vezes com um enquadramento semântico divergente. Em todas estas obras são visíveis as interseções do material e do espiritual, da realidade e do imaginário, do sono e da vigília, das paisagens e dos estados de alma, a anulação de marcos temporais, o desdobramento da personalidade. "O Mistério sabe-me a eu ser outro...", escreve-se em "Pauis"[92]; "Liberto em duplo, abandonei-me da paisagem abaixo...", consta de "Chuva Oblíqua"[93].

O início de "Na Floresta do Alheamento" constitui um exemplo flagrante de justaposição de paradoxos, antíteses e oximoros, que não permitem criar um universo ficcional minimamente concorde com a consciência humana do mundo:

Sei que despertei e que ainda durmo. O meu corpo antigo, moído de eu viver, diz-me que é muito cedo ainda... Sinto-me febril de longe. Peso-me, não sei porquê...

Num torpor lúcido, pesadamente incorpóreo, estagno, entre o sono e a vigília, num sonho que é uma sombra de sonhar. Minha atenção boia entre dois mundos e vê cegamente a profundeza de um mar e a profundeza de um céu; e estas profundezas interpenetram-se, misturam-se, e eu não sei onde estou nem o que sonho[94].

No espaço de irrealidade da alcova em que vagueia entre árvores e flores, surge então uma vaga figura feminina, que

---

92. Fernando Pessoa, *Poesia 1902-1917*, p. 213.
93. Fernando Pessoa, *Poesias*, p. 25.
94. Fernando Pessoa, *Livro do Desassossego*, p. 75. Cf. "Chuva Oblíqua": "Escrevo – perturbo-me de ver o bico da minha pena / Ser o perfil do rei Cheops... / De repente paro... / Escureceu tudo... Caio por um abismo feito de tempo... // Estou soterrado sob as pirâmides a escrever versos à luz clara deste candeeiro / E todo o Egito me esmaga de alto através dos traços que faço com a pena..." (Fernando Pessoa, *Poesias*, pp. 27-28).

é e não é o narrador divagando por uma floresta alheia: "Sonho e perco-me, duplo de ser eu e essa mulher"[95]. Se fosse concedido ao escritor concretizar o sonho de Gustave Flaubert e escrever um texto sobre nada[96], esse texto bem poderia ser "Na Floresta do Alheamento"... ou *O Marinheiro*, obras em que nada se passa que possa ser denotativamente descrito, nas quais as *personagens* se confundem com a paisagem imprecisa e inventada a cada momento pelo discurso[97], vivendo "um tempo que não sabia decorrer, um espaço para que não havia pensar em poder-se medi-lo. Um decorrer fora do Tempo, uma extensão que desconhecia os hábitos da realidade do espaço..."[98], embora o texto publicado em *A Águia* tenha a vaga aparência formal de um diálogo amoroso e o que viu a luz do dia no *Orpheu* pareça ser uma incomum reflexão sobre a morte. Ou ao contrário, ou nada. Nenhuma das personagens de "Na Floresta do Alheamento" tem segura consciência da existência do outro... Ou de si próprio: "Não tínhamos vida que a Morte precisasse para matar. Éramos tão tênues e rasteirinhos que o vento do decorrer nos deixara inúteis e a hora passava por nós acariciando-nos como uma brisa pelo cimo duma palmeira"[99].

---

95. *Idem*, p. 76.
96. É famosa a carta que, em 16 de janeiro de 1852, Gustave Flaubert escreveu à sua amiga Louise Colet: "O que me parece belo, o que eu gostaria de fazer, é um livro sobre nada, um livro sem conexão exterior, que se manteria a si mesmo através da força interna de seu estilo, como a terra sem qualquer suporte se mantém no ar, um livro que não teria quase assunto ou pelo menos onde o assunto seria quase invisível, se tal é possível" (Gustave Flaubert, *Correspondence*, Paris, Gallimard, 1980, vol. II, p. 31). [Tradução do Autor da Introdução.]
97. "Éramos impessoais, ocos de nós, outra coisa qualquer... Éramos aquela paisagem esfumada sem consciência de si própria..." (Fernando Pessoa, *Livro do Desassossego*, p. 80).
98. *Idem*, p. 78.
99. *Idem*, p. 81. Cf. "Pauis": "Baloiçar de cimos de palma... / Silêncio que as folhas fitam em nós..." (Fernando Pessoa, *Poesia 1902-1917*, p. 213).

O teatro estático não foi um projeto pessoano tão obcecante como o *Livro do Desassossego*, as novelas "policiárias" ou mesmo o *Fausto*. Nasceu no seu período de maior fecundidade criativa (1913-1914), prolongando-se, num primeiro momento, até 1918. Depois disso, Fernando Pessoa ainda lhe dedicou alguma atenção entre 1932 e 1934, e não deixou por completo de figurar em projetos de publicação posteriores a 1918[100], mas não é referido como estando em vias de conclusão ou com a sua publicação projetada, nas cartas a João Gaspar Simões ou a Adolfo Casais Monteiro em que expõe os seus planos mais ou menos imediatos de publicação[101], permanecendo apenas *O Marinheiro* como pérola isolada de uma experiência literária que chegara a ocupar um tempo e um espaço preciosos da sua devoção artística. Intuitivamente, Pessoa saberia que os procedimentos estéticos e linguísticos empregados em "Pauis", "Chuva Oblíqua", *O Marinheiro* e até em "Na Floresta do Alheamento" não podiam ser repetidos até ao infinito e, por isso, todas essas peças literárias são espécimes belas, mas praticamente isoladas e de certa forma descontinuadas.

Tendo mantido sempre a confiança na qualidade estética de *O Marinheiro*, Pessoa foi incluindo a obra (ou o projeto mais amplo do teatro estático) em vários dos seus planos editoriais. Num documento transcrito por Jerónimo Pizarro no livro *Sensacionismo e Outros Ismos*, vol. x da Edição Crítica de Fernando Pessoa da IN-CM*, tanto "Na Floresta do Alheamento" como *O Marinheiro* são incluídos numa lista de obras a integrar numa antologia sensacionista de que constariam

---

100. Cf. Filipa de Freitas e Patricio Ferrari, "Apresentação", em Fernando Pessoa, *Teatro Estático*, pp. 13-14.

101. Refiro-me principalmente às cartas de 28 de julho de 1932 a João Gaspar Simões e de 13 e 20 de janeiro de 1935 a Adolfo Casais Monteiro, onde se perspectiva, por exemplo, a publicação do *Livro do Desassossego*, das novelas a que chama *policiárias* e da poesia ortônima e heterônima.

* Imprensa Nacional-Casa da Moeda de Portugal.

igualmente textos de Sá-Carneiro, Luís de Montalvor, Álvaro de Campos e até Mário Saa[102]; mas logo a seguir, numa outra listagem, que traduz alguma pelo menos momentânea indeterminação pessoana na catalogação estética da sua obra, tanto o *Teatro Estático* como o *Livro do Desassossego* são classificados como intersecionistas (ao lado das principais obras de Sá-Carneiro e Alfredo Guisado), enquanto Ricardo Reis, Alberto Caeiro e António Mora representam o Neopaganismo e Álvaro de Campos (através do seu *Arco do Triunfo*, dedicado a Alberto Caeiro) figurava como único sensacionista[103]. Não admira assim que, num outro documento, escrito depois da "suspensão" da revista *Orpheu*, numa época em que Pessoa pretendia colocar toda a literatura da sua geração sob o chapéu comum do Sensacionismo seja colocada em *O Marinheiro* a etiqueta de Sensacionismo intersecionista (a par de "Chuva Oblíqua") ou de Sensacionismo a três dimensões (ou ainda fusionista), neste caso fazendo companhia à *Confissão de Lúcio*, de Mário de Sá-Carneiro[104]. Mas há ainda outro fragmento do espólio, também transcrito por Jerónimo Pizarro, claramente escrito quando Pessoa procurava fazer vingar a sua estética intersecionista, que se refere a "Na Floresta do Alheamento" como "interseção da Realidade e do Sonho", a *Confissão de Lúcio* como "interseção da Realidade e da Loucura" e a *O Marinheiro* como "interseção da Dúvida e do Sonho"[105]. Faz então bastante sentido a referência de Eduardo Lourenço ao "verbo circular que se tem a si mesmo por destinatário"[106]. Também Massaud Moisés se ocupou de *O Marinheiro* e dos "poemas dramáticos", concluindo com esta clarividente síntese:

102. Fernando Pessoa, *Sensacionismo e Outros Ismos*, p. 431.
103. *Idem*, p. 432.
104. *Idem*, p. 71.
105. *Idem*, p. 108.
106. Assim classifica Eduardo Lourenço o discurso dramático de *O Marinheiro* (*O Lugar do Anjo: Ensaios Pessoanos*, Lisboa, Gradiva, 2004, p. 139).

A poesia pessoana alcança, nos "poemas dramáticos", a máxima rarefação, indeterminados, intersecionados, tempo e o espaço, a poesia define-se como a realização ocultista, simbólica, através da palavra: esta consistiria, até em seu contorno gráfico, na concretização dum espaço e dum tempo encarados em sua essência, concebidos como pureza ou conceito absoluto: um tempo apenas acessível à imaginação, jamais à experiência, ao menos como vivenciamos o tempo do relógio; e uma geografia em abstrato, ou reduzida não mais ao "lugar-onde", mas à sua ausência, como se o vazio, entendido como sensação, fosse o espaço por excelência. A palavra, despida de suas denotações, criaria o espaço e o tempo verdadeiros e absolutos: tornada símbolo, a palavra exprime o tempo e o espaço puros, acaba por converter-se em espaço e tempo. Em suma: a palavra constitui a forma, visível, adquirida pelo espaço e pelo tempo compreendidos como abstrações, ou sensações, puras[107].

Muito mais recentemente, Flávio Rodrigo Penteado dedicou a sua tese de doutoramento defendida na Universidade de São Paulo ao teatro pessoano. Nessa tese e na síntese da mesma que apresentou num congresso pessoano em Lisboa, situa Pessoa na linhagem dos escritores teatrais que renovaram o teatro europeu, rompendo com o paradigma naturalista que atribuía uma "identidade social e psicológica bem definida às clássicas *dramatis personae*", que o teatro moderno *desindividualiza*, reduzindo-a "a vozes que se ligam em rede umas às outras, remodelando a coralidade da antiga tragédia grega"[108]. O investigador brasileiro contradiz, deste modo, os primeiros críticos de Fernando Pessoa, como João

---

107. Massaud Moisés, "Fernando Pessoa e os Poemas Dramáticos", *Fernando Pessoa: o Espelho e a Esfinge*, São Paulo, Cultrix/Edusp, 1988, p. 178.
108. Flávio Rodrigo Penteado, "Pessoa Dramaturgo: Tradição, Estatismo, Desteatrização", *Congresso Internacional Fernando Pessoa*, Lisboa, Casa Fernando Pessoa, 2021, p. 138.

Gaspar Simões e Jacinto do Prado Coelho, que consideraram o poeta inapto para criar personagens dramáticas, individualizadas e com capacidade para alterarem o curso da ação dramática[109].

Seja como for, e sem retirar importância artística e literária aos materiais, mais ou menos fragmentários, que Fernando Pessoa produziu com o objetivo de concretizar o seu plano de constituição do teatro estático, parece inquestionável que *O Marinheiro* merece uma atenção crítica e editorial individualizadas, por ter sido a única peça dramática que o autor concluiu e pela qual se responsabilizou como produto acabado, independentemente de pensar que poderia ter pequenos ajustes ou correções. E não obstante pertencer, por assim dizer, aos primórdios da produção literária pessoana em português, é uma obra desafiante, reveladora do enorme talento literário do seu autor e daquelas que não envelhecem com a continuada leitura. Quanto ao projeto do teatro estático, globalmente entendido, ficará registrado na história literária portuguesa como um dos múltiplos empreendimentos editoriais que concentraram o esforço e o talento de Fernando Pessoa, tal como o *Fausto*, o *Quaresma, Decifra-*

---

109. *Idem*. Quanto à natureza das personagens do teatro estático pessoano, escreve Penteado: "Nos dramas estáticos de Pessoa, praticamente não existe espaço para personagens individualizadas. Neles, as figuras em cena não parecem corresponder a indivíduos de carne e osso, providos de nome e ocupação social. Na verdade, aqueles seres se assemelham a entidades esfumaçadas, evanescentes, de contornos pouco definidos. Nesse sentido, elas equivalem, sobretudo, a um conjunto de vozes que não se prendem a um corpo definido" (*idem*, p. 136). A perspectiva de José Augusto Seabra sobre as personagens do drama pessoano não difere substancialmente daquela que acabei de expor: "As três Veladoras do drama só são personagens teatrais na aparência. As suas vozes repetem-se sucessivamente, acabando, finalmente, por serem apenas uma espécie de voz indeterminada, nas margens do silêncio" (José Augusto Seabra, *O Coração do Texto – Le Cœur du Texte*, p. 239). [Tradução do Autor da Introdução.]

dor, ou mesmo o *Livro do Desassossego*, todos eles contendo pequenas (ou médias) joias incrustadas, mas que o escritor nunca concluiu. Um projeto genial, como tudo o que Pessoa tocava, mas o criador de vidas literárias necessitaria de várias outras vidas biológicas para concretizar tudo aquilo que imaginou ser e fazer.

Esta Edição

Contrariamente ao que acontece com uma parte substancial das publicações pessoanas, a fixação do texto de *O Marinheiro* não suscita grandes problemas, uma vez que foi publicado no primeiro número da revista *Orpheu* e nunca repudiado pelo autor. Muito pelo contrário, Fernando Pessoa reconheceu explicitamente, como vimos, na "Tábua Bibliográfica" que incluiu na revista *Presença* em 1928, que *O Marinheiro* era um dos textos que até então publicara que considerava concluído e satisfazendo os requisitos necessários para fazer parte da sua obra.

Ainda assim, chegou a ser ponderada uma nova publicação deste texto, na revista *Presença*, na qual o poeta pretendia introduzir algumas alterações. Numa carta datada de 10 de janeiro a João Gaspar Simões, um dos diretores da publicação e que viria também a ser o primeiro biógrafo do criador dos heterônimos, Fernando Pessoa autorizava a revista a publicar textos já anteriormente dados a lume, nomeadamente na *Orpheu*, mas, no caso específico de *O Marinheiro*, solicitava que tal não fosse feito antes de serem enviadas para a revista as "emendas" que pretendia introduzir[110]. É difícil conhecer o al-

---

110. "*O Marinheiro* está sujeito a emendas: peço que, por enquanto, se abstenham de pensar nele. Se quiserem, poderei, feitas as emendas, dizer quais são: ficará então ao vosso dispor, como o estão as composições a que, como tais, acima me refiro" (Fernando Pessoa, *Correspondência 1923-1925*,

cance das correções, já que no espólio do poeta apenas foi encontrada até ao momento um documento datilografado com a menção explícita de "Marinheiro (alteração)", que reproduzimos em rodapé no texto de *O Marinheiro*.

Sem qualquer certeza sobre a decisão final do autor, porque não se encontra na restante correspondência de Pessoa a Gaspar Simões qualquer nova alusão ao assunto, esta edição reproduz o original impresso publicado na revista *Orpheu*. Privilegiou-se nas notas de rodapé a dilucidação de laços intertextuais dentro da própria obra pessoana. Tendo em conta os objetivos didáticos desta coleção, a ortografia é modernizada.

---

p. 190). A ideia de publicar textos já não inéditos de Fernando Pessoa surgira numa carta de Gaspar Simões, datada de 8 de dezembro de 1929 e referia explicitamente *O Marinheiro* e a "Ode Marítima" (cf. *Cartas Entre Fernando Pessoa e os Diretores da* Presença, Lisboa, 1998, p. 112).

Fernando Pessoa

O MARINHEIRO

DRAMA ESTÁTICO EM UM QUADRO

a Carlos Franco*.

* Amigo íntimo de Fernando Pessoa e Mário de Sá-Carneiro, Carlos Franco (1887-1916) é uma referência constante na correspondência de Sá-Carneiro para o seu amigo Pessoa. Foi pintor e cenógrafo, trabalhou na Ópera de Paris. Com o início da Primeira Grande Guerra e consequente falta de trabalho, alistou-se na Legião Estrangeira, vindo a morrer em combate a 4 de julho de 1916, na Batalha do Somme. A sua última licença foi passada em Paris, com Mário de Sá-Carneiro, que solicitou ao pai um reforço da mesada para acolher dignamente o seu amigo. Para além desta dedicatória, também Sá-Carneiro lhe dedicou o conto "Eu-Próprio o Outro", que foi integrado em *Céu em Fogo*. Em reconhecimento a estas dedicatórias, levou para a frente de combate, na sua mochila militar, tanto o *Orpheu 1* como *Céu em Fogo* (cf. Mário de Sá-Carneiro, *Em Ouro e Alma. Correspondência com Fernando Pessoa*, ed. cit., p. 439).

Um quarto que é sem dúvida num castelo antigo. Do quarto vê-se que é circular. Ao centro ergue-se, sobre uma eça, um caixão com uma donzela, de branco[1]. Quatro tochas aos cantos. À direita, quase em frente a quem imagina o quarto[2], há uma única janela, alta e estreita, dando para onde só se vê, entre dois montes longínquos, um pequeno espaço de mar.

Do lado da janela velam três donzelas. A primeira está sentada em frente à janela, de costas contra a tocha de cima da direita. As outras duas estão sentadas uma de cada lado da janela.

É noite e há como que um resto vago de luar.

1. Fernando Pessoa utiliza o vocábulo "castelo" numa acepção que não é a mais comum em Portugal (nem em Espanha), onde normalmente se designa por castelo um recinto amuralhado, geralmente de origem medieval, destinado à defesa de uma localidade ou território. Neste contexto discursivo, "castelo" equivale ao francês *chateau*, o que nos remete para uma relação intertextual de *O Marinheiro* com o teatro de Maeterlinck e, em especial, com a didascália inicial de *L'Intruse* já referida na Introdução. Quanto ao caixão que contém o cadáver de uma donzela e ocupa o centro da cena, faz pensar numa relação de continuidade do drama com o texto publicado em *A Águia*, "Na Floresta do Alheamento", que concluía deste modo: "Desenganemo-nos, ó Velada, do nosso próprio tédio, porque se envelhece de si próprio e não ousa ser toda a angústia que é. § Não choremos, não odiemos, não desejemos… § Cubramos, ó Silenciosa, com um lençol de linho fino o perfil hirto e morto da nossa Imperfeição…" (Fernando Pessoa, *Livro do Desassossego*, p. 82). Regista-se também algum paralelismo com o drama maeterlinckiano *Les Aveugles*, no qual igualmente se regista a presença de um cadáver no palco ao longo de toda a representação dramática, o do velho sacerdote que servia de guia aos cegos do asilo.

2. "À direita, quase em frente a quem imagina o quarto". Simbiose intersecionista, com uma dimensão visual e outra intelectiva. Não é a visão

Primeira Veladora – Ainda não deu hora nenhuma.

Segunda – Não se podia ouvir. Não há relógio aqui perto. Dentro em pouco deve ser dia.

Terceira – Não: o horizonte é negro.

Primeira – Não desejais, minha irmã, que nos entretenhamos contando o que fomos? É belo e é sempre falso...

Segunda – Não, não falemos disso. De resto, fomos nós alguma coisa?[3]

Primeira – Talvez. Eu não sei. Mas, ainda assim, sempre é belo falar do passado... As horas têm caído e nós temos guardado silêncio. Por mim, tenho estado a olhar para a chama daquela vela. Às vezes treme, outras torna-se mais amarela, outras vezes empalidece. Eu não sei por que é que isso se dá. Mas sabemos nós, minhas irmãs, por que se dá qualquer coisa?...

(uma pausa)

A Mesma – Falar do passado – isso deve ser belo, porque é inútil e faz tanta pena...

Segunda – Falemos, se quiserdes, de um passado que não tivéssemos tido.

Terceira – Não. Talvez o tivéssemos tido...

Primeira – Não dizeis senão palavras. É tão triste falar! É um modo tão falso de nos esquecermos!... Se passeássemos?...

Terceira – Onde?

---

do espectador do teatro que prevalece, mas a fusão da perspectiva deste com a do leitor.

3. Substituiu-se, em todas as ocorrências da mesma, no singular e no plural, a forma em desuso "cousa" por "coisa".

Primeira – Aqui, de um lado para o outro. Às vezes isso vai buscar sonhos.
Terceira – De quê?
Primeira – Não sei. Por que o havia eu de saber?

(uma pausa)

Segunda – Todo este país é muito triste... Aquele onde eu vivi outrora era menos triste. Ao entardecer eu fiava, sentada à minha janela. A janela dava para o mar e às vezes havia uma ilha ao longe... Muitas vezes eu não fiava; olhava para o mar e esquecia-me de viver. Não sei se era feliz. Já não tornarei a ser aquilo que talvez eu nunca fosse...
Primeira – Fora de aqui, nunca vi o mar. Ali, daquela janela, que é a única de onde o mar se vê, vê-se tão pouco!... O mar de outras terras é belo?
Segunda – Só o mar das outras terras é que é belo[4]. Aquele que nós vemos dá-nos sempre saudades daquele que não veremos nunca...

(uma pausa)

Primeira – Não dizíamos nós que íamos contar o nosso passado?
Segunda – Não, não dizíamos.

---

4. Na edição de Eduardo Freitas da Costa, é aqui colocada uma nota com o texto de uma alteração a introduzir na versão publicada na *Orpheu*, encontrada no espólio de Fernando Pessoa. "a) É do lado de lá dos montes que a vida é sempre bela... / b) O que é a vida, minha irmã? / a) Não sei. Sei da vida só o que tenho ouvido dizer. /b) Toda a gente sabe da vida só o que tem ouvido dizer. E é por isso que é só além dos montes que a vida é sempre bela..." (Fernando Pessoa, *Poemas Dramáticos*, p. 61). Uma reprodução fac-similada do documento foi publicada por Cláudia F. Souza na sua edição de *O Marinheiro*, p. 58.

Terceira – Por que não haverá relógio neste quarto?

Segunda – Não sei... Mas assim, sem o relógio, tudo é mais afastado e misterioso. A noite pertence mais a si própria... Quem sabe se nós poderíamos falar assim se soubéssemos a hora que é?

Primeira – Minha irmã, em mim tudo é triste. Passo dezembros[5] na alma... Estou procurando não olhar para a janela... Sei que de lá se veem, ao longe, montes... Eu fui feliz para além de montes, outrora... Eu era pequenina. Colhia flores todo o dia e antes de adormecer pedia que não mas tirassem... Não sei o que isto tem de irreparável que me dá vontade de chorar... Foi longe daqui que isto pôde ser... Quando virá o dia?...

Terceira – Que importa? Ele vem sempre da mesma maneira... sempre, sempre, sempre...

(uma pausa)

Segunda – Contemos contos umas às outras... Eu não sei contos nenhuns, mas isso não faz mal...[6] Só viver é que faz mal... Não rocemos pela vida nem a orla das nossas vestes... Não, não vos levanteis. Isso seria um gesto, e cada gesto interrompe um sonho... Neste momento eu não tinha sonho nenhum, mas é-me suave pensar que o podia estar tendo... Mas o passado – por que não falamos nós dele?

Primeira – Decidimos não o fazer... Breve raiará o dia e arrepender-nos-emos... Com a luz os sonhos adormecem... O passado não é senão um sonho... De resto, nem

---

5. Dezembro: inverno no hemisfério norte.
6. "Leis feitas, estátuas altas, odes findas – / Tudo tem cova sua. Se nós, carnes / A que um íntimo sol dá sangue, temos / Poente, por que não elas? / Somos contos contando contos, nada" (Fernando Pessoa / Ricardo Reis, *Poesia*, Lisboa, Assírio & Alvim, 2000, p. 129).

sei o que não é sonho... Se olho para o presente com muita atenção, parece-me que ele já passou... O que é qualquer coisa? Como é que ela passa? Como é por dentro o modo como ela passa?... Ah, falemos, minhas irmãs falemos alto, falemos todas juntas... O silêncio começa a tomar corpo, começa a ser coisa... Sinto-o envolver-me como uma névoa... Ah, falai, falai!...

Segunda – Para quê?... Fito-vos a ambas e não vos vejo logo... Parece-me que entre nós se aumentaram abismos... Tenho que cansar a ideia de que vos posso ver para poder chegar a ver-vos... Este ar quente é frio por dentro, naquela parte que toca na alma... Eu devia agora sentir mãos impossíveis passarem-me pelos cabelos... As mãos pelos cabelos – é o gesto com que falam das sereias... *(Cruza as mãos sobre os joelhos. Pausa).* Ainda há pouco, quando eu não pensava em nada, estava pensando no meu passado.

Primeira – Eu também devia ter estado a pensar no meu...

Terceira – Eu já não sei em que pensava... No passado dos outros talvez..., no passado de gente maravilhosa que nunca existiu... Ao pé da casa de minha mãe corria um riacho... Por que é que correria, e por que é que não correria mais longe, ou mais perto?... Há alguma razão para qualquer coisa ser o que é? Há para isso qualquer razão verdadeira e real como as minhas mãos?...

Segunda – As mãos não são verdadeiras nem reais... São mistérios que habitam na nossa vida... Às vezes, quando fito as minhas mãos, tenho medo de Deus... Não há vento que mova as chamas das velas, e olhai, elas movem-se... Para onde se inclinam elas?... Que pena se alguém pudesse responder!... Sinto-me desejosa de ouvir músicas bárbaras que devem agora estar tocando em palácios de outros continentes... É sempre longe na minha alma... Talvez porque, quando criança, corri atrás das ondas à beira-mar. Levei a vida pela mão entre rochedos, maré baixa, quando o mar parece ter cruzado as mãos sobre o peito e ter adormecido como uma estátua de anjo para que nunca mais ninguém olhasse...

Terceira – As vossas frases lembram-me a minha alma...
Segunda – É talvez por não serem verdadeiras... Mal sei que as digo... Repito-as seguindo uma voz que não ouço que mas está segredando... Mas eu devo ter vivido realmente à beira-mar... Sempre que uma coisa ondeia, eu amo-a... Há ondas na minha alma... Quando ando embalo-me... Agora eu gostaria de andar... Não o faço porque não vale nunca a pena fazer nada, sobretudo o que se quer fazer... Dos montes é que eu tenho medo... É impossível que eles sejam tão parados e grandes... Devem ter um segredo de pedra que se recusam a saber que têm... Se desta janela, debruçando-me, eu pudesse deixar de ver montes, debruçar-se-ia um momento da minha alma alguém em quem eu me sentisse feliz...[7]

---

[7]. São óbvias, nesta e noutras passagens deste "drama estático", as referências a um desdobramento da personalidade, que podemos classificar de pré-heteronímicas. Esse desdobramento já tinha sido anunciado pelo poeta numa carta a Mário Beirão, datada de 1 de fevereiro de 1913. Nessa carta, Pessoa descreve o momento em que seguia para casa num estado de ansiedade motivado pela ameaça de trovoadas, de que tinha muito receio, ao mesmo tempo que ia compondo mentalmente um poema, "Abdicação", cuja serenidade contrastava completamente com a agitação que exteriormente sentia. Esclarecia o poeta: "O fenômeno curioso do desdobramento é coisa que habitualmente tenho, mas nunca o tinha sentido neste grau de intensidade" (cf. Fernando Pessoa, *Correspondência 1905-1922*, pp. 79-81). Atente-se também neste poema: "Ela canta, pobre ceifeira, / Julgando-se feliz talvez; / Canta, e ceifa, e a sua voz, cheia / De alegre e anônima viuvez, // Ondula como um canto de ave / No ar limpo como um limiar, / E há curvas no enredo suave / Do som que ela tem a cantar. // [...] Ah, poder ser tu, sendo eu! / Ter a tua alegre inconsciência, / E a consciência disso! Ó céu! / Ó campo! Ó canção! A ciência // Pesa tanto e a vida é tão breve! / Entrai por mim dentro! Tornai / Minha alma a vossa sombra leve! / Depois, levando-me, passai!" (Fernando Pessoa, *Poesias*, pp. 108-109).

Primeira – Por mim, amo os montes... Do lado de cá de todos os montes é que a vida é sempre feia...[8] Do lado de lá, onde mora minha mãe, costumávamos sentarmo-nos à sombra dos tamarindos e falar de ir ver outras terras... Tudo ali era longo e feliz como o canto de duas aves, uma de cada lado do caminho... A floresta não tinha outras clareiras senão os nossos pensamentos... E os nossos sonhos eram de que as árvores projetassem no chão outra calma que não as suas sombras...[9] Foi decerto assim que ali vivemos, eu e não sei se mais alguém... Dizei-me que isto foi verdade para que eu não tenha de chorar...

Segunda – Eu vivi entre rochedos e espreitava o mar... A orla da minha saia era fresca e salgada batendo nas minhas pernas nuas... Eu era pequena e bárbara... Hoje tenho medo de ter sido... O presente parece-me que durmo... Falai-me das fadas. Nunca ouvi falar delas a ninguém... O mar era

---

8. Na edição do *Teatro Estático* de Filipa de Freitas e Patricio Ferrari, é aqui que é colocada a nota com a chamada para o documento de Pessoa referido na nota 5, opção que parece fazer muito sentido do que a de Eduardo Freitas da Costa (cf. Fernando Pessoa, *Teatro Estático*, pp. 35, 257, 258 e 283). Freitas e Ferrari atribuem ao documento a data aproximada de 1916.

9. O cruzamento de um sonho, uma paisagem com árvores e um porto imaginário constituem a matéria constitutiva do primeiro poema da "Chuva Oblíqua", publicado em *Orpheu 2* e datado de 8 de março de 1914, o "dia triunfal": "Atravessa esta paisagem o meu sonho dum porto infinito / E a cor das flores é transparente de as velas de grandes navios / Que largam do cais arrastando nas águas por sombra / Os vultos ao sol daquelas árvores antigas..." (Fernando Pessoa, *Poesias*, p. 25). Na carta de 13 de janeiro de 1935 a Adolfo Casais Monteiro, precisamente aquela em que anuncia o "dia triunfal" em que escreveu num arrebato todos os poemas que compõem "O Guardador de Rebanhos", de Alberto Caeiro, Pessoa refere-se à escrita de "Chuva Oblíqua" como "o regresso de Fernando Pessoa Alberto Caeiro a Fernando Pessoa ele só" (cf. Fernando Pessoa, *Correspondência 1923-1935*, pp. 342-343).

grande demais para fazer pensar nelas... Na vida aquece ser pequeno... Éreis feliz[10], minha irmã?

Primeira – Começo neste momento a tê-lo sido outrora...[11] De resto, tudo aquilo se passou na sombra... As árvores viveram-no mais do que eu... Nunca chegou quem eu mal esperava... E vós irmã, por que não falais?

Terceira – Tenho horror a de aqui a pouco vos ter já dito o que vos vou dizer. As minhas palavras presentes, mal eu as diga, pertencerão logo ao passado, ficarão fora de mim, não sei onde, rígidas e fatais... Falo, e penso nisto na minha garganta, e as minhas palavras parecem-me gente... Tenho um medo maior do que eu. Sinto na minha mão, não sei como, a chave de uma porta desconhecida. E toda eu sou um amuleto ou um sacrário que estivesse com consciência de si próprio. É por isto que me apavora ir, como por uma floresta escura, através do mistério de falar...[12] E, afinal, quem sabe se eu sou assim e se é isto sem dúvida que sinto?...

---

10. Vírgula não existente na versão publicada em *Orpheu*, que tem, além disso, um ponto final depois do ponto de interrogação. A correção foi introduzida na edição de Eduardo Freitas da Costa e seguida por Cláudia F. Sousa, enquanto Freitas e Ferrari retiraram o ponto, mas não introduziram a vírgula.

11. É inegável a semelhança do final da fala da Segunda Veladora e o início da fala da Primeira com um conhecido poema de Fernando Pessoa, cujo primeiro verso é "Pobre velha música!" e foi pela primeira vez publicado no n. 3 da revista *Athena*: "Com que ânsia tão raiva / Quero aquele outrora! / E eu era feliz? Não sei: / Fui-o outrora agora" (Fernando Pessoa, *Poesias*, p. 96).

12. Parecem ecoar nestas palavras da Terceira Veladora os versos do poema "Correspondences" de Baudelaire, que começa assim: "La Nature est un temple où de vivants piliers / Laissent parfois sortir de confuses paroles; / L'homme y passe à travers des forêts de symboles / Qui l'observent avec des regards familiers" ["A natureza é um templo onde pilares vivos / Deixam sair às vezes confusas palavras; / O homem passa por aí através de florestas de símbolos / Que o observam com olhares familiares"] (Charles Baudelaire, *Les Fleurs du Mal*, *Œuvres Complètes*, Paris, Éditions du Seuil, 1968, p. 46). [Tradução do responsável pela edição.]

Primeira – Custa tanto saber o que se sente quando reparamos em nós!... Mesmo viver sabe a custar tanto quando se dá por isso... Falai, portanto, sem reparardes que existis... Não nos íeis dizer quem éreis?

Terceira – O que eu era outrora já não se lembra de quem sou... Pobre da feliz que eu fui!... Eu vivi entre as sombras dos ramos, e tudo na minha alma é folhas que estremecem[13]. Quando ando ao sol a minha sombra é fresca. Passei a fuga dos meus dias ao lado de fontes, onde eu molhava, quando sonhava de viver, as pontas tranquilas dos meus dedos... Às vezes, à beira dos lagos, debruçava-me e fitava-me... Quando eu sorria, os meus dentes eram misteriosos na água... Tinham um sorriso só deles, independente do meu... Era sempre sem razão que eu sorria... Falai-me da morte, do fim de tudo, para que eu sinta uma razão para recordar...

Primeira – Não falemos de nada, de nada... Está mais frio, mas por que é que está mais frio? Não há razão para estar mais frio. Não é bem mais frio que está... Para que é que havemos de falar?... É melhor cantar, não sei porquê... O canto, quando a gente canta de noite, é uma pessoa ale-

---

13. Note-se o paralelismo que existe entre a fala desta Veladora e as respostas de Mélisande ao príncipe Golaud, quando este a encontra perdida na floresta: "Mélisande: Je suis perdue! perdue ici... Je ne suis pas d'ici... Je ne suis pas née là... Golaud: D'où êtes-vous? Où êtes-vous née? Mélisande: Oh! oh! loin d'ici...loin...loin..." ["Mélisande: Estou perdida! perdida aqui... Não sou daqui... não nasci lá... Golaud: De onde sois? Onde nascestes? Mélisande: Ah! Oh! longe... longe... longe..."] (Maurice Maeterlinck, *Pelléas et Mélisande*, Paris, Galimard, 2020, p. 34). [Tradução do responsável pela edição.] Não há uma influência textual direta de Maeterlinck em *O Marinheiro*, mas parece haver alguma sugestão. A ideia da simbiose da alma com a folha, isto é, "o *ato material*, que é a queda de uma folha, concebido como *ato espiritual*" remete-nos para os artigos publicados por Pessoa, em *A Águia*, em 1912, e para a "Réplica ao Sr. Dr. Adolfo Coelho", quando elogiava, como máximo exemplo poético desta fusão entre espírito e matéria, os seguintes versos de Teixeira de Pascoaes: "A folha que tombava / Era alma que subia" (cf. *Crítica. Ensaios, Artigos e Entrevistas*, pp. 29 e 44).

gre e sem medo que entra de repente no quarto e o aquece a consolar-nos... Eu podia cantar-vos uma canção que cantávamos em casa de meu passado. Por que é que não quereis que vo-la cante?

Terceira – Não vale a pena, minha irmã... quando alguém canta, eu não posso estar comigo. Tenho que não poder recordar-me. E depois todo o meu passado torna-se outro e eu choro uma vida morta que trago comigo e que não vivi nunca. É sempre tarde demais para cantar, assim como é sempre tarde demais para não cantar...

(uma pausa)

Primeira – Breve será dia... Guardemos silêncio... A vida assim o quer... Ao pé da minha casa natal havia um lago. Eu ia lá e assentava-me à beira dele, sobre um tronco de árvore que caíra quase dentro d'água... Sentava-me na ponta e molhava na água os pés, esticando para baixo os dedos. Depois olhava excessivamente para as pontas dos pés, mas não era para as ver... Não sei porquê, mas parece-me deste lago que ele nunca existiu... Lembrar-me dele é como não me poder lembrar de nada... Quem sabe por que é que eu digo isto e se fui eu que vivi o que recordo?...

Segunda – À beira-mar somos tristes quando sonhamos... Não podemos ser o que queremos ser, porque o que queremos ser queremo-lo sempre ter sido no passado... Quando a onda se espalha e a espuma chia, parece que há mil vozes mínimas a falar. A espuma só parece ser fresca a quem a julga uma... Tudo é muito e nós não sabemos nada... Quereis que vos conte o que eu sonhava à beira-mar?

Primeira – Podeis contá-lo, minha irmã, mas nada em nós tem necessidade de que no-lo conteis... Se é belo, tenho já pena de vir a tê-lo ouvido. E se não é belo, esperai..., contai-o só depois de o alterardes...

Segunda – Vou dizer-vo-lo. Não é inteiramente falso, porque sem dúvida nada é inteiramente falso. Deve ter sido assim... Um dia que eu dei por mim recostada no cimo frio de um rochedo, e que eu tinha esquecido que tinha pai e mãe e que houvera em mim infância e outros dias – nesse dia vi ao longe, como uma coisa que eu só pensasse em ver, a passagem vaga de uma vela... Depois ela cessou... Quando reparei para mim, vi que já tinha esse meu sonho... Não sei onde ele teve princípio... E nunca tornei a ver outra vela... Nenhuma das velas dos navios que saem aqui de um porto se parece com aquela, mesmo quando é lua e os navios passam longe devagar...[14]

Primeira – Vejo pela janela um navio ao longe. É talvez aquele que vistes...

Segunda – Não, minha irmã; esse que vedes busca sem dúvida um porto qualquer... Não podia ser que aquele que eu vi buscasse qualquer porto...

Primeira – Por que é que me respondestes?... Pode ser... Eu não vi navio nenhum pela janela... Desejava ver um e falei-vos dele para não ter pena... Contai-nos agora o que foi que sonhastes à beira-mar...

Segunda – Sonhava de um marinheiro que se houvesse perdido numa ilha longínqua. Nessa ilha havia palmeiras hirtas, poucas, e aves vagas passavam por elas... Não vi se alguma vez pousavam... Desde que, naufragado, se salvara, o marinheiro vivia ali... Como ele não tinha meio de

---

14. Também nesta fala da Segunda Veladora está bem presente a imagética do poema I de "Chuva Oblíqua". "Não sei quem me sonho... / Súbito toda a água do mar do porto é transparente / E vejo no fundo, como uma estampa enorme que lá estivesse desdobrada, / Esta paisagem toda, renque de árvore, estrada a arder em aquele porto, / E a sombra duma nau mais antiga que o porto que passa / Entre o meu sonho do porto e o meu ver esta paisagem / E chega ao pé de mim, e entra por mim dentro, / E passa para o outro lado da minha alma..." (Fernando Pessoa, *Poesias*, p. 26).

voltar à pátria, e cada vez que se lembrava dela sofria, pôs-se a sonhar uma outra pátria que nunca tivesse tido: pôs-se a fazer ter sido sua uma outra pátria, uma outra espécie de país, com outras espécies de paisagens, e outra gente, e outro feitio de passarem pelas ruas e de se debruçarem das janelas... Cada hora ele construía em sonho esta falsa pátria, e ele nunca deixava de sonhar, de dia à sombra curta das grandes palmeiras, que se recortava, orlada de bicos, no chão areento e quente; de noite, estendido na praia, de costas, e não reparando nas estrelas.

Primeira – Não ter havido uma árvore que mosqueasse sobre as minhas mãos estendidas a sombra de um sonho como esse!...

Terceira – Deixai-a falar... Não a interrompais... Ela conhece palavras que as sereias lhe ensinaram... Adormeço para a poder escutar... Dizei, minha irmã, dizei... Meu coração dói-me de não ter sido vós quando sonháveis à beira-mar...

Segunda – Durante anos e anos, dia a dia, o marinheiro erguia num sonho contínuo a sua nova terra natal... Todos os dias punha uma pedra de sonho nesse edifício impossível... Breve ele ia tendo um país que já tantas vezes havia percorrido. Milhares de horas lembrava-se já de ter passado ao longo de suas costas. Sabia de que cor soíam ser os crepúsculos numa baía do norte, e como era suave entrar, noite alta, e com a alma recostada no murmúrio da água que o navio abria, num grande porto do sul onde ele passara outrora, feliz talvez, das suas mocidades a suposta...

(uma pausa)

Primeira – Minha irmã, por que é que vos calais?

Segunda – Não se deve falar demasiado... A vida espreita-nos sempre... Toda a hora é materna para os sonhos, mas é preciso não o saber... Quando falo demais começo a separar-me de mim e a ouvir-me falar[15]. Isso faz com que me compadeça de mim própria e sinta demasiadamente o coração. Tenho então uma vontade lacrimosa de o ter nos braços para o poder embalar como a um filho... Vede: o horizonte empalideceu... O dia não pode já tardar... Será preciso que eu vos fale ainda mais do meu sonho?

Primeira – Contai sempre, minha irmã, contai sempre... Não pareis de contar, nem repareis em que dias raiam... O dia nunca raia para quem encosta a cabeça no seio das horas sonhadas... Não torçais as mãos. Isso faz um ruído como o de uma serpente furtiva... Falai-nos muito mais do vosso sonho. Ele é tão verdadeiro que não tem sentido nenhum. Só pensar em ouvir-vos me toca música na alma...

Segunda – Sim, falar-vos-ei mais dele. Mesmo eu preciso de vo-lo contar. À medida que o vou contando, é a mim também que o conto... São três a escutar... *(De repente, olhando para o caixão, e estremecendo.)* Três não... Não sei... Não sei quantas...

Terceira – Não faleis assim... Contai depressa, contai outra vez... Não faleis em quantos podem ouvir... Nós nunca sabemos quantas coisas realmente vivem e veem e escutam... Voltai ao vosso sonho... O marinheiro... O que sonhava o marinheiro?...

Segunda *(mais baixo, numa voz muito lenta)* – Ao princípio ele criou as paisagens; depois criou as cidades; criou

---

15. Descreve-se aqui, como noutras passagens de *O Marinheiro*, um processo de desdobramento psicológico que pode ser considerado como o início da heteronímia. Para além da Segunda Veladora se sentir como o Eu e como o Outro, também o Marinheiro é, em princípio, fruto da sua delirante imaginação. Confronte-se com estes versos do mesmo autor: "Brincava a criança / Com um carro de bois. / Sentiu-se brincando / E disse, Eu sou dois! // Há um a brincar / E há outro a saber, / Um vê-me a brincar / E outro vê-me a ver" (Fernando Pessoa, *Poesia 1918-1930*, Lisboa, Assírio & Alvim, 2005, p. 283).

depois as ruas e as travessas, uma a uma, cinzelando-as na matéria da sua alma – uma a uma as ruas, bairro a bairro, até às muralhas dos cais de onde[16] ele criou depois os portos... Uma a uma as ruas, e a gente que as percorria e que olhava sobre elas das janelas... Passou a conhecer certa gente, como quem a reconhece apenas... Ia-lhes conhecendo as vidas passadas e as conversas, e tudo isto era como quem sonha apenas paisagens e as vai vendo... Depois viajava, recordado, através do país que criara... E assim foi construindo o seu passado... Breve tinha uma outra vida anterior... Tinha já, nessa nova pátria, um lugar onde nascera, os lugares onde passara a juventude, os portos onde embarcara... Ia tendo tido os companheiros da infância e depois os amigos e inimigos da sua idade viril... Tudo era diferente de como ele o tivera – nem o país, nem a gente, nem o seu passado próprio se pareciam com o que haviam sido... Exigis que eu continue?... Causa-me tanta pena falar disto!... Agora, porque vos falo disto, aprazia-me mais estar-vos falando de outros sonhos...

Terceira – Continuai, ainda que não saibais porquê... Quanto mais vos ouço, mais me não pertenço...[17]

Primeira – Será bom realmente que continueis? Deve qualquer história ter fim? Em todo o caso falai... Importa tão pouco o que dizemos ou não dizemos... Velamos as horas que passam... O nosso mister é inútil como a Vida...

---

16. "d'onde", na versão original. Também E. F. C. optou pela forma "de onde".

17. Mais do que de desdobramento, faz sentido falar aqui de alheamento, perda da consciência de existir: "Caiu chuva em passados que fui eu. / Houve planícies de céu baixo e neve / Nalguma coisa de alma do que é meu. // Narrei-me à sombra e não me achei sentido / Hoje sei-me o deserto onde Deus teve / Outrora a sua capital de olvido..." (Fernando Pessoa, *Poesias*, p. 52). O excerto transcrito é a parte final do soneto x de "Passos da Cruz", um conjunto poético redigido entre 1913 e 1916, tendo sido publicado em 1916, no n. 1 e único da revista *Centauro*.

Segunda – Um dia, que chovera muito, e o horizonte estava mais incerto, o marinheiro cansou-se de sonhar... Quis então recordar a sua pátria verdadeira..., mas viu que não se lembrava de nada, que ela não existia para ele... Meninice de que se lembrasse, era a na sua pátria de sonho; adolescência que recordasse, era aquela que se criara... Toda a sua vida tinha sido a sua vida que sonhara... E ele viu que não podia ser que outra vida tivesse existido... Se ele nem de uma rua, nem de uma figura, nem de um gesto materno se lembrava... E da vida que lhe parecia ter sonhado, tudo era real e tinha sido... Nem sequer podia sonhar outro passado, conceber que tivesse tido outro, como todos, um momento, podem crer... Ó minhas irmãs, minhas irmãs... Há qualquer coisa, que não sei o que é, que vos não disse..., qualquer coisa que explicaria isto tudo... A minha alma esfria-me... Mal sei se tenho estado a falar... Falai-me, gritai-me, para que eu acorde, para que eu saiba que estou aqui ante vós e que há coisas que são apenas sonhos...

Primeira *(numa voz muito baixa)* – Não sei que vos diga... Não ouso olhar para as coisas... Esse sonho como continua?...

Segunda – Não sei como era o resto... Mal sei como era o resto... Por que é que haverá mais?...

Primeira – E o que aconteceu depois?

Segunda – Depois? Depois de quê? Depois é alguma coisa?... Veio um dia um barco... Veio um dia um barco... – Sim, sim... só podia ter sido assim... – Veio um dia um barco, e passou por essa ilha, e não estava lá o marinheiro...

Terceira – Talvez tivesse regressado à pátria... Mas a qual?

Primeira – Sim, a qual? E o que teriam feito ao marinheiro? Sabê-lo-ia alguém?

Segunda – Por que é que mo perguntais? Há resposta para alguma coisa?

(uma pausa)

TERCEIRA – Será absolutamente necessário, mesmo dentro do vosso sonho, que tenha havido esse marinheiro e essa ilha?

SEGUNDA – Não, minha irmã; nada é absolutamente necessário.

PRIMEIRA – Ao menos, como acabou o sonho?

SEGUNDA – Não acabou... Não sei... Nenhum sonho acaba... Sei eu ao certo se o não continuo sonhando, se o não sonho sem o saber, se o sonhá-lo não é esta coisa vaga a que eu chamo a minha vida?... Não me faleis mais... Principio a estar certa de qualquer coisa, que não sei o que é... Avançam para mim, por uma noite que não é esta, os passos de um horror que desconheço... Quem teria eu ido despertar com o sonho meu que vos contei?... Tenho um medo disforme de que Deus tivesse proibido o meu sonho... Ele é sem dúvida mais real do que Deus permite... Não estejais silenciosas... Dizei-me ao menos que a noite vai passando, embora eu o saiba... Vede, começa a ir ser dia... Vede: vai haver o dia real... Paremos... Não pensemos mais... Não tentemos seguir nesta aventura interior... Quem sabe o que está no fim dela?... Tudo isto, minhas irmãs, passou-se na noite... Não falemos mais disto, nem a nós próprias... É humano e conveniente que tomemos, cada qual[18] a sua atitude de tristeza.

TERCEIRA – Foi-me tão belo escutar-vos... Não digais que não... Bem sei que não valeu a pena... É por isso que o achei belo... Não foi por isso, mas deixai que eu o diga... De resto, a música da vossa voz, que escutei ainda mais que as vossas palavras, deixa-me, talvez só por ser música, descontente...

---

18. E. F. C. e Cláudia F. Souza introduziram uma vírgula depois de "cada qual".

Segunda – Tudo deixa descontente, minha irmã... Os homens que pensam cansam-se de tudo, porque tudo muda. Os homens que passam provam-no, porque mudam com tudo... De eterno e belo há apenas o sonho... Por que estamos nós falando ainda?...[19]

Primeira – Não sei... *(olhando para o caixão, em voz mais baixa)* Por que é que se morre?

Segunda – Talvez por não se sonhar bastante...

Primeira – É possível... Não valeria então a pena fecharmo-nos no sonho e esquecer a vida, para que a morte nos esquecesse?...

Segunda – Não, minha irmã, nada vale a pena...

Terceira – Minhas irmãs, é já dia... Vede, a linha dos montes maravilha-se... Por que não choramos nós?... Aquela que finge estar ali era bela, e nova como nós, e sonhava também... Estou certa que o sonho dela era o mais belo de todos... Ela de que sonharia?...

Primeira – Falai mais baixo. Ela escuta-nos talvez, e já sabe para que servem os sonhos...

(uma pausa)

Segunda – Talvez nada disto seja verdade... Todo este silêncio, e esta morta, e este dia que começa não são talvez senão um sonho... Olhai bem para tudo isto... Parece-vos que pertence à vida?...

Primeira – Não sei. Não sei como se é da vida... Ah, como vós estais parada! E os vossos olhos tão tristes, parece que o estão inutilmente...

Segunda – Não vale a pena estar triste de outra maneira... Não desejais que nos calemos? É tão estranho estar a

---

19. Veja-se, na Introdução, o comentário de Álvaro de Campos a esta passagem do drama.

viver... Tudo o que acontece é inacreditável, tanto na ilha do marinheiro como neste mundo... Vede, o céu é já verde... O horizonte sorri ouro... Sinto que me ardem os olhos, de eu ter pensado em chorar...

Primeira – Chorastes, com efeito, minha irmã.

Segunda – Talvez... Não importa... Que frio é este?... O que é isto?... Ah, é agora... é agora!... Dizei-me isto... Dizei-me uma coisa ainda... Por que não será a única coisa real nisto tudo o marinheiro, e nós e tudo isto aqui apenas um sonho dele?...[20]

Primeira – Não faleis mais, não faleis mais... Isso é tão estranho que deve ser verdade. Não continueis... O que íeis dizer não sei o que é, mas deve ser demais para a alma o poder ouvir... Tenho medo do que não chegastes a dizer... Vede, vede, é dia já... Vede o dia... Fazei tudo por reparardes só no dia, no dia real, ali fora... Vede-o, vede-o... Ele consola... Não penseis, não olheis para o que pensais... Vede-o a vir, o dia... Ele brilha como ouro numa terra de prata. As leves nuvens arredondam-se à medida que se coloram... Se nada existisse, minhas irmãs?... Se tudo fosse, de qualquer modo, absolutamente coisa nenhuma?... Por que olhastes assim?...

(Não lhe respondem.
E ninguém olhara de nenhuma maneira.)

A mesma – Que foi isso que dissestes e que me apavorou?... Senti-o tanto que mal vi o que era... Dizei-me o que foi, para que eu, ouvindo-o segunda vez, já não tenha tanto medo como dantes... Não, não... Não digais nada... Não

---

20. Este é o momento culminante do drama, no qual toda a história, já tão precariamente sustentada, pode ser completamente revertida, com a hipótese de o Marinheiro passar a ser a entidade que sonha as Veladoras em vez de ser o sonho da Segunda Veladora.

vos pergunto isto para que me respondais, mas para falar apenas, para me não deixar pensar... Tenho medo de me poder lembrar do que foi... Mas foi qualquer coisa de grande e pavoroso como o haver Deus... Devíamos já ter acabado de falar... Há tempo já que a nossa conversa perdeu o sentido... O que há entre nós que nos faz falar prolonga-se demasiadamente... Há mais presenças aqui do que as nossas almas... O dia devia ter já raiado... Deviam já ter acordado... Tarda qualquer coisa... Tarda tudo... O que é que se está dando nas coisas de acordo com o nosso horror?... Ah, não me abandoneis... Falai comigo, falai comigo... Falai ao mesmo tempo do que eu para não deixardes sozinha a minha voz... Tenho menos medo à minha voz do que à ideia da minha voz, dentro de mim, se for reparar que estou falando...

TERCEIRA – Que voz é essa com que falais?... É de outra... Vem de uma espécie de longe...[21]

PRIMEIRA – Não sei... Não me lembreis isso... Eu devia estar falando com a voz aguda e tremida do medo... Mas já não sei como é que se fala... Entre mim e a minha voz abriu-se um abismo... Tudo isto, toda esta conversa, e esta noite, e este medo – tudo isto devia ter acabado, devia ter acabado de repente, depois do horror que nos dissestes... Começo a sentir que o esqueço, a isso que dissestes, e que me fez pensar que eu devia gritar de uma maneira nova para exprimir um horror de aqueles...

TERCEIRA *(para a Segunda)* – Minha irmã, não nos devíeis ter contado essa história. Agora estranho-me viva com mais horror. Contáveis e eu tanto me distraía que ouvia o sentido

---

21. "Venho de longe e trago no perfil, / Em forma nevoenta e afastada, / O perfil de outro ser que desagrada / Ao meu atual recorte humano e vil" (início do soneto VI de Fernando Pessoa, "Passos da Cruz", *Poesias*, p. 43). Nesta fala, assim como na anterior, é notório um certo paralelismo com a sensação da presença de uma Intrusa, a Morte, nos dramas de Maeterlinck *L'Intruse* e *Les Aveugles*.

das vossas palavras e o seu som separadamente. E parecia-me que vós, e a vossa voz, e o sentido do que dizíeis eram três entes diferentes, como três criaturas que falam e andam.

Segunda – São realmente três entes diferentes, com vida própria e real. Deus talvez saiba porquê... Ah, mas por que é que falamos? Quem é que nos faz continuar falando? Por que falo eu sem querer falar? Por que é que já não reparamos que é dia?...

Primeira – Quem pudesse gritar para despertarmos! Estou a ouvir-me a gritar dentro de mim, mas já não sei o caminho da minha vontade para a minha garganta. Sinto uma necessidade feroz de ter medo de que alguém possa bater àquela porta. Por que não bate alguém à porta? Seria impossível e eu tenho necessidade de ter medo disso, de saber de que é que tenho medo... Que estranha que me sinto!... Parece-me já não ter a minha voz... Parte de mim adormeceu e ficou a ver... O meu pavor cresceu mas eu já não sei senti-lo... Já não sei em que parte da alma é que se sente... Puseram ao meu sentimento do meu corpo uma mortalha de chumbo... Para que foi que nos contastes a vossa história?

Segunda – Já não me lembro... Já mal me lembro que a contei... Parece ter sido já há tanto tempo!... Que sono, que sono absorve o meu modo de olhar para as coisas!... O que é que nós queremos fazer? o que é que nós[22] temos ideia de fazer? – já não sei se é falar ou não falar...

Primeira – Não falemos mais. Por mim, cansa-me o esforço que fazeis para falar... Dói-me o intervalo que há entre o que pensais e o que dizeis... A minha consciência boia à tona da sonolência apavorada dos meus sentidos pela minha pele... Não sei o que é isto, mas é o que sinto... Preciso de dizer frases confusas, um pouco longas, que custem a dizer...

---

[22]. "nos", no original. Apenas Cláudia F. Souza mantém essa forma, que parece ser claramente uma gralha.

Não sentis tudo isto como uma aranha enorme que nos tece de alma a alma uma teia negra que nos prende?

Segunda – Não sinto nada... Sinto as minhas sensações como uma coisa que se não sente... Quem é que eu estou sendo?... Quem é que está falando com a minha voz?... Ah, escutai...[23]

Primeira e Terceira – Quem foi?

Segunda – Nada. Não ouvi nada... Quis fingir que ouvia para que vós supusésseis que ouvíeis e eu pudesse crer que havia alguma coisa a ouvir... Oh, que horror, que horror íntimo nos desata a voz da alma, e as sensações dos pensamentos, e nos faz falar e sentir e pensar quando tudo em nós pede o silêncio e o dia e a inconsciência da vida... Quem é a quinta pessoa neste quarto que estende o braço e nos interrompe sempre que vamos a sentir?...[24]

---

23. Comparem-se as palavras da Segunda Veladora com estes versos, que constituem o início da parte III do poema "Episódios. A Múmia", publicado em 1917 na revista *Portugal Futurista*: "De quem é o olhar / Que espreita por meus olhos? / Quando penso que vejo, / Quem continua vendo / Enquanto estou pensando? / Por que caminhos seguem, / Não os meus tristes passos, / Mas a realidade / De eu ter passos comigo?" (Fernando Pessoa, *Poesias*, p. 64).

24. A Intrusa não é necessariamente a Morte, como nas peças de Maeterlinck referenciadas, mas antes uma espécie de demiurgo, também antevisto por Jorge Luis Borges na composição II do seu poema "Ajedrez", representativo de uma religiosidade esotérica que tocou igualmente Pessoa e Maeterlinck: "Tenue rey, sesgo alfil, encarnizada / reina, torre directa y peón ladino / sobre lo negro y blanco del camino / buscan y libran su batalla armada. / No saben que la mano señalada / del jugador gobierna su destino, / no saben que un rigor adamantino / sujeta su albedrío y su jornada. / También el jugador es prisionero / (la sentencia es de Omar) de otro tablero / de negras noches y de blancos días. / Dios mueve al jugador, y éste, la pieza. / ¿Qué Dios detrás de Dios la trama empieza / de polvo y tiempo y sueño y agonía?" (Jorge Luis Borges, "El Hacedor", *Poesías Completas*, Barcelona, Destino, 2009, pp. 115-116). Cf. Fernando Pessoa, *Poesias*, p. 53: "Não sou eu quem descrevo. Eu sou a tela / E oculta mão colora alguém em mim. / Pus a alma no nexo de perdê-la / E o meu princípio floresceu em Fim" ("Passos da Cruz", soneto XI).

Primeira – Para quê tentar apavorar-me?... Não cabe mais terror dentro de mim... Peso excessivamente ao colo de me sentir. Afundei-me toda no lodo morno do que suponho que sinto. Entra-me por todos os sentidos qualquer coisa que mos pega e mos vela. Pesam as pálpebras a todas as minhas sensações. Prende-se a língua a todos os meus sentimentos. Um sono fundo cola umas às outras as ideias de todos os meus gestos... Por que foi que olhastes assim?...

Terceira *(numa voz muito lenta e apagada)* – Ah, é agora, é agora... Sim, acordou alguém... Há gente que acorda... Quando entrar alguém tudo isto acabará... Até lá façamos por crer que todo este horror foi um longo sono que fomos dormindo... É dia já. Vai acabar tudo... E de tudo isto fica, minha irmã, que só vós sois feliz, porque acreditais no sonho...

Segunda – Por que é que mo perguntais? Por que eu o disse? Não, não acredito...

> *Um galo canta. A luz, como que subitamente, aumenta. As três veladoras quedam-se silenciosas e sem olharem umas para as outras.*
> *Não muito longe, por uma estrada, um vago carro geme e chia.*

11/12 Outubro, 1913.

Fernando Pessoa.

FERNANDO PESSOA

O MARINHEIRO

DRAMA ESTÁTICO EM UM QUADRO

a Carlos Franco.

Um quarto que é sem duvida num castello antigo. Do quarto vê-se que é circular. Ao centro ergue-se, sobre uma eça, um caixão com uma donzella, de branco. Quatro tochas aos cantos. Á direita, quasi em frente a quem imagina o quarto, ha uma unica janella, alta e estreita, dando para onde só se vê, entre dois montes longinquos, um pequeno espaço de mar.

Do lado da janella velam trez donzellas. A primeira está sentada em frente á janella, de costas contra a tocha de cima da direita. As outras duas estão sentadas uma de cada lado da janella.

É noite e ha como que um resto vago de luar.

Primeira veladora. — Ainda não deu hora nenhuma.

Segunda. — Não se podia ouvir. Não ha relogio aqui perto. Dentro em pouco deve ser dia.

Terceira. — Não: o horizonte é negro.

Primeira. — Não desejaes, minha irmã, que nos entretenhamos contando o que fômos? É bello e é sempre falso...

Segunda. — Não, não fallemos d'isso. De resto, fômos nós alguma cousa?

Primeira. — Talvez. Eu não sei. Mas, ainda assim, sempre é bello fallar do passado... As horas teem cahido e nós temos guardado silencio. Por mim, tenho estado a olhar para a chamma d'aquella vela. Ás vezes treme, outras torna-se mais amarella, outras vezes empallidece. Eu não sei porque é que isso se dá. Mas sabemos nós, minhas irmãs, porque se dá qualquer cousa?...

(uma pausa)

A mesma. — Fallar do passado — isso deve ser bello, porque é inútil e faz tanta pena...

Segunda. — Fallemos, se quizerdes, de um passado que não tivessemos tido.

Terceira. — Não. Talvez o tivessemos tido...

Primeira. — Não dizeis senão palavras. É tão triste fallar! É um modo tão falso de nos esquecermos!... Se passeassemos?...

Terceira. — Onde?

Primeira. — Aqui, de um lado para o outro. Ás vezes isso vai buscar sonhos.

Terceira. — De quê?

Primeira. — Não sei. Porque o havia eu de saber?

(uma pausa)

Segunda. — Todo este paiz é muito triste... Aquelle onde eu vivi outr'ora era menos triste. Ao entardecer eu fiava, sentada á minha janella. A janella dava para o mar e ás vezes havia uma ilha ao longe...

Muitas vezes eu não fiava; olhava para o mar e esquecia-me de viver. Não sei se era feliz. Já não tornarei a ser aquillo que talvez eu nunca fôsse...

Primeira. — Fóra de aqui, nunca vi o mar. Alli, d'aquella janella, que é a unica de onde o mar se vê, vê-se tão pouco!... O mar de outras terras é bello?

Segunda. — Só o mar das outras terras é que é bello. Aquelle que nós vemos dá-nos sempre saudades d'aquelle que não veremos nunca...

(uma pausa)

Primeira. — Não diziamos nós que iamos contar o nosso passado?
Segunda. — Não, não diziamos.
Terceira. — Porque não haverá relogio neste quarto?
Segunda. — Não sei... Mas assim, sem o relogio, tudo é mais afastado e mysterioso. A noite pertence mais a si-propria... Quem sabe se nós poderiamos fallar assim se soubessemos a hora que é?
Primeira. — Minha irmã, em mim tudo é triste. Passo dezembros na alma... Estou procurando não olhar para a janella... Sei que de lá se vêem, ao longe, montes... Eu fui feliz para além de montes, outr'ora... Eu era pequenina. Colhia flôres todo o dia e antes de adormecer pedia que não m'as tirassem... Não sei o que isto tem de irreparavel que me dá vontade de chorar... Foi longe d'aqui que isto pôde ser... Quando virá o dia?...
Terceira. — Que importa? Elle vem sempre da mesma maneira... sempre, sempre, sempre...

(uma pausa)

Segunda. — Contemos contos umas ás outras... Eu não sei contos nenhuns, mas isso não faz mal... Só viver é que faz mal... Não rocemos pela vida nem a orla das nossas vestes... Não, não vos levanteis. Isso seria um gesto, e cada gesto interrompe um sonho... Neste momento eu não tinha sonho nenhum, mas é-me suave pensar que o podia estar tendo... Mas o passado — porque não fallâmos nós d'elle?

Primeira. — Decidimos não o fazer... Breve raiará o dia e arrepender-nos-hemos... Com a luz os sonhos adormecem... O passado não é senão um sonho... De resto, nem sei o que não é sonho... Se ólho para o presente com muita attenção, parece-me que elle já passou... O que é qualquer cousa? Como é que ella passa? Como é por dentro o modo como ella passa?... Ah, fallemos, minhas irmãs, fallemos alto, fallemos todas juntas... O silencio começa a tomar corpo, começa a ser cousa... Sinto-o envolver-me como uma nevoa... Ah, fallae, fallae!...

Segunda. — Para quê?... Fito-vos a ambas e não vos vejo logo... Parece-me que entre nós se augmentaram abysmos... Tenho que cançar a idéa de que vos posso ver para poder chegar a ver-vos... Este ar quente é frio por dentro, naquella parte que toca na alma... Eu devia agora sentir mãos impossiveis passarem-me pelos cabellos... As mãos pelos cabellos — é o gesto com que fallam das sereias... *(Cruza as mãos sobre os joelhos. Pausa.)* Ainda ha pouco, quando eu não pensava em nada, estava pensando no meu passado...

Primeira. — Eu tambem devia ter estado a pensar no meu...

Terceira. — Eu já não sei em que pensava... No passado dos outros talvez..., no passado de gente maravilhosa que nunca existiu... Ao pé da casa de minha mãe corria um riacho... Porque é que correria, e porque é que não correria mais longe, ou mais perto?... Ha alguma razão para qualquer cousa ser o que é? Ha para isso qualquer razão verdadeira e real como as minhas mãos?...

Segunda. — As mãos não são verdadeiras nem reaes... São mysterios que habitam na nossa vida... A's vezes, quando fito as minhas mãos, tenho medo de Deus... Não ha vento que mova as chammas das velas, e olhae, ellas movem-se... Para onde se inclinam ellas?... Que pena se alguem pudesse responder!... Sinto-me desejosa de ouvir musicas barbaras que devem agora estar tocando em palacios de outros continentes... E' sempre longe na minha alma... Talvez porque, quando creança, corri atraz das ondas á beira-mar. Levei a vida pela mão entre rochedos, maré-baixa, quando o mar parece ter cruzado as mãos sobre o peito e ter adormecido como uma estatua de anjo para que nunca mais ninguem olhasse...

Terceira. — As vossas phrases lembram-me a minha alma...

Segunda. — É talvez por não serem verdadeiras... Mal sei que as digo... Repito-as seguindo uma voz que não ouço que m'as está segredando... Mas eu devo ter vivido realmente á beira-mar... Sempre que uma cousa ondeia, eu amo-a... Ha ondas na minha alma... Quando ando embalo-me... Agora eu gostaria de andar... Não o faço porque não vale nunca a pena fazer nada, sobretudo o que se quer fazer... Dos montes é que eu tenho medo... E impossivel que elles sejam tão parados e grandes... Devem ter um segredo de pedra que se recusam a saber que teem... Se d'esta janella, debruçando-me, eu pudesse deixar de ver montes, debruçar-se-hia um momento da minha alma alguem em quem eu me sentisse feliz...

Primeira. — Por mim, amo os montes... Do lado de cá de todos os montes é que a vida é sempre feia... Do lado de lá, onde mora minha mãe, costumavamos sentarmo' nos á sombra dos tamarindos e fallar de ir ver outras terras... Tudo alli era longo e feliz como o canto de duas aves, uma de cada lado do caminho... A floresta não tinha outras clareiras senão os nossos pensamentos... E os nossos sonhos eram de que as arvores projectassem no chão outra calma que não as suas sombras... Foi decerto assim que alli vivemos, eu e não sei se mais alguem... Dizei-me que isto foi verdade para que eu não tenha de chorar...

Segunda. — Eu vivi entre rochedos e espreitava o mar... A orla da minha saia era fresca e salgada batendo nas minhas pernas nuas... Eu era pequena e barbara... Hoje tenho medo de ter sido... O presente parece me que durmo... Fallae-me das fadas. Nunca ouvi fallar d'ellas a ninguem... O mar era grande demais para fazer pensar nellas... Na vida aquece ser pequeno... Ereis feliz minha irmã?.

Primeira. — Começo neste momento a tel-o sido outr'ora... De resto, tudo aquillo se passou na sombra... As arvores viveram-o mais do que eu... Nunca chegou quem eu mal esperava... E vós, irmã, porque não fallaes?

Terceira. — Tenho horror a de aqui a pouco vos ter já dito o que vos vou dizer. As minhas palavras presentes, mal eu as diga, pertencerão logo ao passado, ficarão fóra de mim, não sei onde, rigidas e fataes... Fallo, e penso nisto na minha garganta, e as minhas palavras parecem-me gente... Tenho um medo maior do que eu. Sinto na minha mão, não sei como, a chave de uma porta desconhecida. E toda eu sou um amuleto ou um sacrario que estivesse com consciencia de si-proprio. E' poristo que me apavora ir, como por uma floresta escura, atravez do mysterio de fallar... E, afinal, quem sabe se eu sou assim e se é isto sem duvida que sinto?...

Primeira. — Custa tanto saber o que se sente quando reparamos em nós!... Mesmo viver sabe a custar tanto quando se dá por isso... Fallae portanto, sem reparardes que existis... Não nos ieis dizer quem ereis?

Terceira. — O que eu era outr'ora já não se lembra de quem sou... Pobre da feliz que eu fui!... Eu vivi entre as sombras dos ramos, e tudo na minha alma é folhas que estremecem. Quando ando ao sol a minha sombra é fresca. Passei a fuga dos meus dias ao lado de fontes, onde eu molhava, quando sonhava de viver, as pontas tranquillas dos meus dedos... A's vezes, á beira dos lagos, debruçava-me e fitava-me... Quando eu sorria, os meus dentes eram mysteriosos na agua... Tinham um sorriso só d'elles, independente do meu... Era sempre sem razão que eu sorria... Fallae me da morte, do fim de tudo, para que eu sinta uma razão p'ra recordar...

Primeira. — Não fallemos de nada, de nada... Está mais frio, mas porque é que está mais frio? Não ha razão para estar mais frio. Não é bem mais frio que está... Para que é que havemos de fallar?... E' melhor cantar, não sei porquê... O canto, quando a gente canta de noite, é uma pessoa alegre e sem medo que entra de repente no quarto e o aquece a consolar-nos... Eu podia cantar-vos uma canção que cantavamos em casa de meu passado. Porque é que não quereis que vol-a cante?

Terceira. — Não vale a pena, minha irmã... Quando alguem canta, eu não posso estar commigo. Tenho que não poder recordar-me. E depois todo o meu passado torna-se outro e eu chóro uma vida morta que trago commigo e que não vivi nunca. E' sempre tarde de mais para cantar, assim como é sempre tarde de mais para não cantar...

(uma pausa)

Primeira. — Breve será dia... Guardemos silencio... A vida assim o quer... Ao pé da minha casa natal havia um lago. Eu ia lá e assentava-me á beira d'elle, sobre um tronco de arvore que cahira quasi dentro de agua... Sentava-me na ponta e molhava na agua os pés, esticando para baixo os dedos. Depois olhava excessivamente para as pontas dos pés, mas não era para as ver... Não sei porquê, mas parece-me d'este lago que elle nunca existiu... Lembrar-me d'elle é como não me poder lembrar de nada... Quem sabe porque é que eu digo isto e se fui eu que vivi o que recordo?...

Segunda. — A' beira-mar somos tristes quando sonhamos... Não podemos ser o que queremos ser, porque o que queremos ser queremol-o sempre ter sido no passado... Quando a onda se espalha e a espuma chia, parece que ha mil vozes minimas a fallar. A espuma só parece ser fresca a quem a julga uma... Tudo é muito e nós não sabemos nada... Quereis que vos conte o que eu sonhava á beira-mar?

Primeira. — Podeis contal-o, minha irmã, mas nada em nós tem necessidade de que nol-o conteis... Se é bello, tenho já pena de vir a tel-o ouvido. E se não é bello, esperae..., contae-o só depois de o alterardes...

Segunda. — Vou dizer vol-o. Não é inteiramente falso, porque sem duvida nada é inteiramente falso. Deve ter sido assim... Um dia que eu dei por mim recostada no cimo frio de um rochedo, e que eu tinha esquecido que tinha pae e mãe e que houvera em mim infancia e outros dias — nesse dia vi ao longe, como uma cousa que eu só pensasse em ver, a passagem vaga de uma vela... Depois ella cessou.. Quando reparei para mim, vi que já tinha esse meu sonho... Não sei onde elle teve principio... E nunca tornei a ver outra vela... Nenhuma das velas dos navios que sahem aqui de um porto se parece com aquella, mesmo quando é lua e os navios passam longe devagar...

Primeira. — Vejo pela janella um navio ao longe. E' talvez aquelle que vistes...

Segunda. — Não, minha irmã; esse que vêdes busca sem duvida um porto qualquer... Não podia ser que aquelle que eu vi buscasse qualquer porto...

Primeira. — Porque é que me respondestes?... Pode ser... Eu não vi navio nenhum pela janella... Desejava ver um e fallei-vos d'elle para não ter pena... Contae nos agora o que foi que sonhastes á beira mar...

Segunda. — Sonhava de um marinheiro que se houvesse perdido numa ilha longinqua. Nessa ilha havia palmeiras hirtas, poucas, e aves vagas passavam por ellas.. Não vi se alguma vez pousavam... Desde que, naufragado, se salvára, o marinheiro vivia alli... Como elle não tinha meio de voltar á patria, e cada vez que se lembrava d'ella soffria, poz-se a sonhar uma patria que nunca tivesse tido; poz-se a fazer ter sido sua uma outra patria, uma outra especie de paiz, com outras especies de paysagens, e outra gente, e outro feitio de passarem pelas ruas e de se debruçarem das janellas... Cada hora elle construia em sonho esta falsa patria, e elle nunca deixava de sonhar, de dia á sombra curta das grandes palmeiras, que se recortava, orlada de bicos, no chão areento e quente; de noite, estendido na praia, de costas, e não reparando nas estrellas.

Primeira. — Não ter havido uma arvore que mosqueasse sobre as minhas mãos estendidas a sombra de um sonho como esse!...

Terceira. — Deixae-a fallar... Não a interrompaes... Ella conhece palavras que as sereias lhe ensinaram... Adormeço para a poder escutar... Dizei, minha irmã, dizei... Meu coração doe-me de não ter sido vós quando sonhaveis á beira mar...

Segunda. — Durante annos e annos, dia a dia o marinheiro erguia num sonho contínuo a sua nova terra natal... Todos os dias punha uma pedra de sonho nesse edificio impossivel... Breve elle ia tendo um paiz que já tantas vezes havia percorrido. Milhares de horas lembrava-se já de ter passado ao longo de suas costas. Sabia de que côr soiam ser os crepusculos numa bahia do norte, e como era suave entrar, noite alta, e com a alma recostada no murmurio da agua que o navio abria, num grande porto do sul onde elle passára outr'ora, feliz talvez, das suas mocidades a supposta...

(uma pausa)

Primeira. — Minha irmã, porque é que vos calaes?
Segunda. — Não se deve fallar demasiado... A vida espreita-nos sempre... Toda a hora é materna para os sonhos, mas é preciso não o saber... Quando fallo de mais começo a separar-me de mim e a ouvir-me fallar. Isso faz com que me compadeça de mim-propria e sinta demasiadamente o coração. Tenho então uma vontade lacrimosa de o ter nos braços para o poder embalar como a um filho... Vêde: o horizonte empallideceu... O dia não póde já tardar... Será preciso que eu vos falle ainda mais do meu sonho.

Primeira. — Contae sempre, minha irmã, contae sempre... Não pareis de contar, nem repareis em que dias raiam... O dia nunca raia para quem encosta a cabeça no seio das horas sonhadas... Não torçaes as mãos. Isso faz um ruido como o de uma serpente furtiva... Fallae-nos muito mais do vosso sonho. Elle é tão verdadeiro que não tem sentido nenhum. Só pensar em ouvir-vos me toca musica na alma...

Segunda. —Sim, fallar-vos-hei mais d'elle. Mesmo eu preciso de vol-o contar. A medida que o vou contando, é a mim tambem que o conto... São trez a escutar... *(De repente, olhando para o caixão, e estremecendo.)* Trez não... Não sei... Não sei quantas...

Terceira. — Não falleis assim... Contae depressa, contae outra vez... Não falleis em quantos podem ouvir... Nós nunca sabemos quantas cousas realmente vivem e vêem e escutam... Voltae ao vosso sonho.. O marinheiro... O que sonhava o marinheiro?...

Segunda *(mais baixo, numa voz muito lenta).* — Ao principio elle creou as paysagens; depois creou as cidades; creou depois as ruas e as travessas, uma a uma, cinzelando-as na materia da sua alma — uma a uma as ruas, bairro a bairro, até ás muralhas dos caes d'onde elle creou depois os portos... Uma a uma as ruas, e a gente que as percorria e que olhava sobre ellas das janellas... Passou a conhecer certa gente, como quem a reconhece apenas... Ia-lhes conhecendo as vidas passadas e as conversas, e tudo isto era como quem sonha apenas paysagens e as vae vendo... Depois viajava, recordado, atravez do paiz que creara... E assim foi construindo o seu passado... Breve tinha uma outra vida anterior... Tinha já, nessa nova patria, um logar onde nascera, os logares onde passara a juventude, os portos onde embarcara... Ia tendo tido os companheiros da infancia e depois os amigos e inimigos da sua edade viril... Tudo era differente de como elle o tivera — nem o paiz, nem a gente, nem o seu passado proprio se pareciam com o que haviam sido... Exigis que eu continue?... Causa-me tanta pena fallar d'isto!... Agora, porque vos fallo d'isto, aprazia-me mais estar-vos fallando de outros sonhos...

Terceira. — Continuae, ainda que não saibaes porquê... Quanto mais vos ouço, mais me não pertenço...

Primeira. — Será bom realmente que continueis? Deve qualquer historia ter fim? Em todo o caso fallae... Importa tão pouco o que dizemos ou não dizemos... Velamos as horas que passam... O nosso mister é inutil como a Vida...

Segunda. — Um dia, que chovêra muito, e o horizonte estava mais incerto, o marinheiro cançou-se de sonhar... Quiz então recordar a sua patria verdadeira..., mas viu que não se lembrava de nada, que ella não existia para elle... Meninice de que se lembrasse, era a na sua patria de sonho; adolescencia que recordasse, era aquella que se creara... Toda a sua vida tinha sido a sua vida que sonhara... E elle viu que não podia ser que outra vida tivesse existido... Se elle nem de uma rua, nem de uma figura, nem de um gesto materno se lembrava... E da vida que lhe parecia ter sonhado, tudo era real e tinha sido... Nem sequer podia sonhar outro passado, conceber que tivesse tido outro, como todos, um momento, podem crer... Ó minhas irmãs, minhas irmãs... Ha qualquer cousa, que não sei o que é, que vos não disse..., qualquer cousa que explicaria isto tudo... A minha alma esfria-me... Mal sei se tenho estado a fallar... Fallae-me, gritae-me, para que eu acorde, para que eu saiba que estou aqui ante vós e que ha cousas que são apenas sonhos...

Primeira *(numa voz muito baixa).* — Não sei que vos diga... Não ouso olhar para as cousas... Esse sonho como continúa?...

Segunda. — Não sei como era o resto... Mal sei como era o resto... Porque é que haverá mais?...

Primeira. — E o que aconteceu depois?

Segunda. — Depois? Depois de quê? Depois é alguma cousa?... Veiu um dia um barco... Veiu um dia um barco... — Sim, sim... só podia ter sido assim... — Veiu um dia um barco, e passou por essa ilha, e não estava lá o marinheiro...

Terceira. — Talvez tivesse regressado á patria... Mas a qual?

Primeira. — Sim, a qual? E o que teriam feito ao marinheiro? Sabel-o-hia alguem?

Segunda. — Porque é que m'o perguntaes? Ha resposta para alguma cousa?

(uma pausa)

Terceira. — Será absolutamente necessario, mesmo dentro do vosso sonho, que tenha havido esse marinheiro e essa ilha?

Segunda. — Não, minha irmã; nada é absolutamente necessario.

Primeira. — Ao menos, como acabou o sonho?

Segunda. — Não acabou... Não sei... Nenhum sonho acaba... Sei eu ao certo se o não continúo sonhando, se o não sonho sem o saber, se o sonhal-o não é esta cousa vaga a que eu chamo a minha vida?... Não me falleis mais... Principio a estar certa de qualquer cousa, que não sei o que é... Avançam para mim, por uma noite que não é esta, os passos de um horror que desconheço... Quem teria eu ido despertar com o sonho meu que vos contei?... Tenho um medo disforme de que Deus tivesse prohibido o meu sonho... Elle é sem duvida mais real do que Deus permitte... Não estejaes silenciosas... Dizei-me ao menos que a noite vae passando, embora eu o saiba... Vêde, começa a ir ser dia... Vêde: vae haver o dia real... Paremos... Não pensemos mais... Não tentemos seguir nesta aventura interior... Quem sabe o que está no fim d'ella?... Tudo isto, minhas irmãs, passou-se na noite... Não fallemos mais d'isto, nem a nós-proprias... E humano e conveniente que tomemos, cada qual a sua attitude de tristeza.

Terceira. — Foi-me tão bello escutar-vos... Não digaes que não... Bem sei que não valeu a pena... É porisso que o achei bello... Não foi porisso, mas deixae que eu o diga... De resto, a musica da vossa voz, que escutei ainda mais que as vossas palavras, deixa-me, talvez só por ser musica, descontente...

Segunda. — Tudo deixa descontente, minha irmã... Os homens que pensam cançam-se de tudo, porque tudo muda. Os homens que passam provam-o, porque mudam com tudo... De eterno e bello ha apenas o sonho... Porque estamos nós fallando ainda?...

Primeira. — Não sei... *(olhando para o caixão, em voz mais baixa)* Porque é que se morre?

Segunda. — Talvez por não se sonhar bastante...

Primeira. — É possivel... Não valeria então a pena fecharmo'-nos no sonho e esquecer a vida, para que a morte nos esquecesse?...

Segunda. — Não, minha irmã: nada vale a pena...

Terceira. — Minhas irmãs, é já dia... Vêde, a linha dos montes maravilha-se... Porque não choramos nós?... Aquella que finge estar alli era bella, e nova como nós, e sonhava tambem... Estou certa que o sonho d'ella era o mais bello de todos... Ella de que sonharia?...

Primeira. — Fallae mais baixo. Ella escuta-nos talvez, e já sabe para que servem os sonhos...

(uma pausa)

Segunda. — Talvez nada d'isto seja verdade... Todo este silencio, e esta morta, e este dia que começa não são talvez senão um sonho... Olhae bem para tudo isto... Parece-vos que pertence á vida?...

Primeira. — Não sei. Não sei como se é da vida... Ah, como vós estaes parada! E os vossos olhos tão tristes, parece que o estão inutilmente...

Segunda. — Não vale a pena estar triste de outra maneira... Não desejaes que nos calemos? E tão extranho estar a viver... Tudo o que acontece é inacreditavel, tanto na ilha do marinheiro como neste mundo... Vêde, o céu é já verde... O horizonte sorri ouro... Sinto que me ardem os olhos, de eu ter pensado em chorar...

Primeira. — Chorastes, com effeito, minha irmã.
Segunda. — Talvez... Não importa... Que frio é este?... O que é isto?... Ah, é agora... é agora.. Dizei-me isto... Dizei-me uma cousa ainda... Porque não será a unica cousa real nisto tudo o marinheiro, e nós e tudo isto aqui apenas um sonho d'elle?...
Primeira. — Não falleis mais, não falleis mais... Isso é tão extranho que deve ser verdade... Não continueis... O que ieis dizer não sei o que é, mas deve ser de mais para a alma o poder ouvir.. Tenho medo do que não chegastes a dizer... Vêde, vêde, é dia já... Vêde o dia... Fazei tudo por reparardes só no dia, no dia real, alli fóra... Vêde-o, vêde-o... Elle consola... Não penseis, não olheis para o que pensaes... Vêde-o a vir, o dia.. Elle brilha como ouro numa terra de prata. As leves nuvens arredondam-se á medida que se coloram... Se nada existisse, minhas irmãs?... Se tudo fosse, de qualquer modo, absolutamente cousa nenhuma?... Porque olhastes assim?...

(Não lhe respondem. E ninguem olhara de nenhuma maneira.)

A mesma. — Que foi isso que dissestes e que me apavorou?... Senti-o tanto que mal vi o que era... Dizei-me o que foi, para que eu, ouvindo-o segunda vez, já não tenha tanto mêdo como d'antes... Não, não... Não digaes nada... Não vos pergunto isto para que me respondaes, mas para fallar apenas, para me não deixar pensar... Tenho medo de me poder lembrar do que foi... Mas foi qualquer cousa de grande e pavoroso como o haver Deus... Deviamos já ter acabado de fallar... Ha tempo já que a nossa conversa perdeu o sentido... O que ha entre nós que nos faz fallar prolonga-se demasiadamente... Ha mais presenças aqui do que as nossas almas... O dia devia ter já raiado... Deviam já ter acordado... Tarda qualquer cousa... Tarda tudo... O que é que se está dando nas cousas de accordo com o nosso horror?... Ah, não me abandoneis... Fallae commigo, fallae commigo... Fallae ao mesmo tempo do que eu para não deixardes sosinha a minha voz... Tenho menos medo á minha voz do que á idéa da minha voz, dentro de mim, se fôr reparar que estou fallando...

Terceira. — Que voz é essa com que fallaes?... E' de outra... Vem de uma especie de longe...
Primeira. — Não sei... Não me lembreis isso... Eu devia estar fallando com a voz aguda e tremida do mêdo... Mas já não sei como é que se falla... Entre mim e a minha voz abriu-se um abysmo... Tudo isto, toda esta conversa, e esta noite, e este mêdo — tudo isto devia ter acabado, devia ter acabado de repente, depois do horror que nos dissestes... Começo a sentir que o esqueço, a isso que dissestes, e que me fez pensar que eu devia gritar de uma maneira nova para exprimir um horror de aquelles.
Terceira. — *(para a Segunda)* — Minha irmã, não nos devieis ter contado essa historia. Agora extranho-me viva com mais horror. Contaveis e eu tanto me distrahia que ouvia o sentido das vossas palavras e o seu som separadamente. E parecia-me que vós, e a vossa voz, e

o sentido do que dizieis eram trez entes differentes, como trez creaturas que fallam e andam.

Segunda. —São realmente trez entes differentes, com vida propria e real. Deus talvez saiba porquê... Ah, mas porque é que fallamos? Quem é que nos faz continuar fallando? Porque fallo eu sem querer fallar? Porque é que já não reparamos que é dia?...

Primeira. — Quem pudesse gritar para despertarmos! Estou a ouvir-me a gritar dentro de mim, mas já não sei o caminho da minha vontade para a minha garganta. Sinto uma necessidade feroz de ter mêdo de que alguem possa agora bater àquella porta. Porque não bate alguem á porta? Seria impossivel e eu tenho necessidade de ter mêdo d'isso, de saber de que é que tenho mêdo... Que extranha que me sinto!... Parece-me já não ter a minha voz... Parte de mim adormeceu e ficou a vêr... O meu pavôr cresceu mas eu já não sei sentil-o... Já não sei em que parte da alma é que se sente... Puzeram ao meu sentimento do meu corpo uma mortalha de chumbo... Para que foi que nos contastes a vossa historia?

Segunda. —Já não me lembro... Já mal me lembro que a contei... Parece ter sido já ha tanto tempo!... Que somno, que somno absorve o meu modo de olhar para as cousas!... O que é que nós queremos fazer? o que é que nos temos idéa de fazer? — já não sei se é fallar ou não fallar...

Primeira. — Não fallemos mais. Por mim, cança-me o esforço que fazeis para fallar... Dóe-me o intervallo que ha entre o que pensaes e o que dizeis... A minha consciencia boia á tona da somnolencia apavorada dos meus sentidos pela minha pelle... Não sei o que é isto, mas é o que sinto... Preciso dizer phrases confusas, um pouco longas, que custem a dizer... Não sentis tudo isto como uma aranha enorme que nos tece de alma a alma uma teia negra que nos prende?

Segunda. —Não sinto nada... Sinto as minhas sensações como uma cousa que se não sente... Quem é que eu estou sendo?... Quem é que está fallando com a minha voz?... Ah, escutae...

Primeira e Terceira. — Quem foi?

Segunda. —Nada. Não ouvi nada... Quiz fingir que ouvia para que vós suppozesseis que ouvieis e eu pudesse crêr que havia alguma cousa a ouvir... Oh, que horror, que horror intimo nos desata a voz da alma, e as sensações dos pensamentos, e nos faz fallar e sentir e pensar quando tudo em nós pede o silencio e o dia e a inconsciencia da vida... Quem é a quinta pessoa neste quarto que estende o braço e nos interrompe sempre que vamos a sentir?...

Primeira. —Para quê tentar apavorar-me?... Não cabe mais terror dentro de mim... Peso excessivamente ao collo de me sentir. Afundei-me toda no lodo morno do que supponho que sinto. Entra-me por todos os sentidos qualquer cousa que m'os pega e m'os vela. Pesam as palpebras a todas as minhas sensações. Prende-se a lingua a todos os meus sentimentos. Um somno fundo colla uma ás outras as idéas de todos os meus gestos... Porque foi que olhastes assim?...

Terceira. — *(numa voz muito lenta e apagada)* — Ah, é agora, é agora... Sim, acordou alguem... Ha gente que acorda... Quando entrar alguem tudo isto acabará... Até lá façamos por crêr que todo

este horror foi um longo somno que fomos dormindo... É dia já...
Vae acabar tudo... E de tudo isto fica, minha irmã, que só vós sois feliz, porque acreditaes no sonho...

Segunda. — Porque é que m'o perguntaes? Porque eu o disse? Não, não acredito...

> Um gallo canta. A luz, como que subitamente, augmenta. As trez veladoras quedam-se silenciosas e sem olharem umas para as outras.
> Não muito longe, por uma estrada, um vago carro geme e chia.

11/12 Outubro, 1913.

FERNANDO PESSÔA.

Referências Bibliográficas

ARTAUD, Antonin. "Le Nom de Maurice Maeterlinck Evoque Avant Tout une Atmosphère". *La Belgique Fin de Siècle. Romans – Nouvelles – Théâtre: Georges Eekhoud, Camille Lemonnier, Maurice Maeterlinck, Georges Rodenbach, Charles Van Lerberghe, Emile Verhaeren*. Apres. Paul Gorceix. Bruxelles, Éditions Complexe, 1997, pp. 939-942.

BALAKIAN, Anna. *O Simbolismo*. Trad. José Bonifácio A. Caldas. São Paulo, Perspectiva, 1985.

BAUDELAIRE, Charles. *Les Fleurs du Mal, Œuvres Complètes*. Ed. Marcel A. Ruff. Paris, Éditions du Seuil, 1968, pp. 40-131.

BORGES, Jorge Luís. "El Hacedor". *Poesías Completas*. Barcelona, Destino, 2009, pp. 107-160.

CARTAS entre Fernando Pessoa e os Diretores da Presença. Edição e estudo de Enrico Martins. Lisboa, Imprensa Nacional / Casa da Moeda, 1998.

CASTEX, François. *Mário de Sá-Carneiro e a Génese de "Amizade"*. Coimbra, Almedina, 1971.

CASTRO, Carla Ferreira de. *A Arte do Sonho. Vozes de Maeterlinck em Pessoa*. Lisboa, Colibri, 2011.

CORREIA, Maria Teresa da Fonseca Fragata. *Fernando Pessoa e Maurice Maeterlinck – A Voz e o Silêncio na Fragmentação da Obra*. Tese de Doutoramento apresentada à Universidade Nova de Lisboa e à Université Michel de Montaigne, Bordeaux 3, 2012.

CRUZ, Duarte Ivo. *O Simbolismo no Teatro Português*. Lisboa, Instituto de Cultura e Língua Portuguesa, 1991.

DIAS, Marina Tavares. *Mário de Sá-Carneiro. Fotobiografia*. Lisboa, Quimera, 1988.

EVREINOFF, Nikolai Nikolaevich. *The Theatre of the Soul. A Monodrama in One Act*. Tradução de Marie Potapenko e Christopher St. John. London, Hendersons, 1915.

FLAUBERT, Gustave. *Correspondence*, vol. II (*juillet 1851-décembre 1858*). Edição estabelecida, apresentada e anotada por Jean Bruneau. Paris, Gallimard, 1980.

GUSMÃO, Manuel. *O Poema Impossível: o "Fausto" de Pessoa*. Lisboa, Caminho, 1986.

JACKSON, Kenneth David. "Desassossegos Marítimos em Fernando Pessoa". *In: Congresso Internacional Fernando Pessoa*. Lisboa, Casa Fernando Pessoa, 2017, pp. 205-212.

LOPES, Teresa Rita. *Fernando Pessoa et le Drame Symboliste: Héritage et Création*. Paris, Fundação Calouste Gulbenkian, 1977.

____. *Pessoa por Conhecer II. Textos para um Novo Mapa*. Lisboa, Estampa, 1990.

LOURENÇO, António Apolinário. "A Fundação da Crítica Literária Novecentista: os Ensaios de Pessoa n'*A Águia*". *Revista de Estudos Literários*, n. 1, 2011, pp. 85-97.

____. "O Futurismo Antifuturista do *Orpheu*". *In*: GORI, Barbara (coord.). *Futurismo, Futurismos*. Canterano, Gioacchino Onorati Editore, 2019, pp. 103-113.

____. "El Estudiante de Salamanca: Espronceda Leído y Traducido por Fernando Pessoa". *In*: HERRÁN, José Manuel González; VÁZQUEZ, María Luisa Sotelo; CARBONELL, Marta Cristina & SINTES, Blanca Ripoll (eds.). *El Siglo que no Cesa. El Pensamiento y la Literatura del Siglo XIX desde los Siglos XX y XXI*. Barcelona, Ediciones de la Universitat de Barcelona, 2020, pp. 306-316.

LOURENÇO, Eduardo. *O Lugar do Anjo: Ensaios Pessoanos*. Lisboa, Gradiva, 2004.

MAETERLINCK, Maurice. *Théâtre I: La Princesse Maleine (1890). – L'Intruse (1891). – Les Aveugles (1891)*. 21. ed. Bruxelles, Paul Lacomblez, 1908.

____. *Théâtre II: Pelléas et Mélisande (1892). – Alladine et Palomides (1894). – Intérieur (1894). – La Mort de Tintagiles (1894)*. 33. ed. Bruxelles, Paul Lacomblez, 1912.

____. *Théâtre III: Aglavaine et Sélysette (1896). – Ariane e Barbe Blue (1901). – Sœur Béatrice*. 25. ed. 1912.

____. *Monna Vanna: Pièce en Trois Actes*. Paris, Librairie Charpentier et Fasquelle, 1913.

____. *Œuvres I. Le Réveil de l'Âme. Poésie et Essais*. Texto estabelecido e apresentado por Paul Gorceix. Bruxelles, Éditions Complexe, 1999, pp. 487-494.

____. *Pelléas et Mélisande*. Ed. Arnaud Rykner. Paris, Galimard, 2020.

Moisés, Massaud. "Fernando Pessoa e os Poemas Dramáticos". *Fernando Pessoa: o Espelho e a Esfinge*. São Paulo, Cultrix/Edusp, 1988, pp. 161-179.

Oliveira, Fernando Matos. *O Destino da Mimese e a Voz do Palco*. Braga/Coimbra, Angelus Novus, 1997.

Penteado, Flávio Rodrigo. "Pessoa Dramaturgo: Tradição, Estatismo, Desteatrização". *In: Congresso Internacional Fernando Pessoa*. Lisboa, Casa Fernando Pessoa, 2021, pp. 135-139.

____. *Pessoa Dramaturgo: Tradição, Estatismo, Desteatrização*. Tese de Doutorado apresentada ao Programa de Pós-Graduação em Literatura Portuguesa da Faculdade de Filosofia, Letras e Ciências Humanas da Universidade de São Paulo, 2021. Consultado em 10 de setembro de 2022.

Pessoa, Fernando. *Poemas Dramáticos*. Lisboa, Edições Ática, s/d.

____. *Páginas Íntimas e de Autointerpretação*. Textos estabelecidos e prefaciados por Georg Rudolf Lind e Jacinto do Prado Coelho. Lisboa, Ática, [D.L. 1972].

____. *Páginas de Estética e de Teoria e Críticas Literárias*. 2. ed. Textos estabelecidos e prefaciados por Georg Rudolf Lind e Jacinto do Prado Coelho. Lisboa, Edições Ática, 1973.

____. *Ultimatum e Páginas de Sociologia Política*. Introdução e organização de Joel Serrão. Recolha de textos de Maria Isabel Rocheta e Maria Paula Morão. Lisboa, Edições Ática, 1980.

_____. *Primeiro Fausto*. Organização e introdução de Duílio Colombini. São Paulo, Edições Epopeia, 1986.

_____. *Fausto. Tragédia Subjetiva*. Texto estabelecido por Teresa Sobral Cunha. Lisboa, Presença, 1988.

_____. *Livro do Desassossego*, vol. I, por Vicente Guedes/Bernardo Soares. Leitura, fixação de inéditos, organização e notas de Teresa Sobral Cunha. Lisboa, Presença, 1990.

_____. *Correspondência Inédita*. Edição de Manuela Parreira da Silva. Lisboa, Livros Horizonte, 1996.

_____. *Poesias*. 16. ed. Lisboa, Edições Ática, 1997.

[_____.] Álvaro de Campos. *Notas para a Recordação do Meu Mestre Caeiro*. Lisboa, Estampa, 1997.

_____. *Correspondência 1905-1922*. Edição de Manuela Parreira da Silva. Lisboa, Assírio & Alvim, 1999.

_____. *Correspondência 1923-1935*. Edição de Manuela Parreira da Silva. Lisboa, Assírio & Alvim, 1999.

_____. *Crítica. Ensaios, Artigos e Entrevistas*. Edição de Fernando Cabral Martins. Lisboa, Assírio & Alvim, 2000.

[_____.] Ricardo Reis. *Poesias*. Edição de Manuela Parreira da Silva. Lisboa, Assírio & Alvim, 2000.

[_____.] Álvaro de Campos. *Poesias*. Edição de Teresa Rita Lopes. Lisboa, Assírio & Alvim, 2002.

_____. *Poesia 1902-1917*. Edição de Manuela Parreira da Silva, Ana Maria Freitas e Madalena Dine. Lisboa, Assírio & Alvim, 2005.

_____. *Poesia 1918-1930*. Edição de Manuela Parreira da Silva, Ana Maria Freitas e Madalena Dine. Lisboa, Assírio & Alvim, 2005.

_____. *Sensacionismo e Outros Ismos*. Edição Crítica de Fernando Pessoa. Edição de Jerónimo Pizarro. Lisboa, Imprensa Nacional/Casa da Moeda, 2009.

_____. *O Marinheiro*. Introdução, estabelecimento do texto e notas de Cláudia F. Souza. Lisboa, Edições Ática, 2010.

_____. *Livro do Desassossego*. Edição de Jerónimo Pizarro. Lisboa, Tinta da China, 2013.

_____. *Teatro Estático*. Edição de Filipa de Freitas e Patricio Ferrari. Lisboa, Tinta da China, 2017.

_____. *Fausto*. Edição de Carlos Pittella. Lisboa, Tinta da China, 2018.

Pessoa, Fernando & Braga, Vitoriano. *Ensaio sobre o Drama Octávio; Octávio: Peça em Três Atos*. Edição e introdução de Nuno Ribeiro. Lisboa, Apenas Livros, 2020.

Sá-Carneiro, Mário. *Em Ouro e Alma. Correspondência com Fernando Pessoa*. Edição de Ricardo Vasconcelos e Jerónimo Pizarro. Lisboa, Tinta da China, 2015.

_____. *Poesia Completa*. Edição de Ricardo de Vasconcelos. Lisboa, Tinta da China, 2017.

_____. & Leão, Ponce de. *Alma*. Nota introdutória de Luiz Francisco Rebello. Lisboa, Edições Rolim, 1987.

Seabra, José Augusto. *O Coração do Texto – Le Cœur du Texte*. Lisboa, Cosmos, 1996.

Sepúlveda, Pedro & Uribe, Jorge. *O Planeamento Editorial de Fernando Pessoa*. Lisboa, Imprensa Nacional/Casa da Moeda, 2016.

Zola, Émile. *Les Romanciers Naturalistes. In: Œuvres Complètes*, vol. 32. Paris, Fasquele Editeurs, 1969, pp. 317-600.

Coleção Clássicos Ateliê

Ateneu, O – Raul Pompeia
Apresentação e Notas: Emília Amaral

Auto da Barca do Inferno – Gil Vicente
Apresentação e Notas: Ivan Teixeira

Bom Crioulo – Adolfo Caminha
Apresentação e Notas: Salete de Almeida Cara

Carne, A – Júlio Ribeiro
Apresentação e Notas: Marcelo Bulhões

Carta de Pero Vaz Caminha, A – Pero Vaz de Caminha
Apresentação e Notas: Marcelo Módolo & M. de Fátima
Nunes Madeira

Casa de Pensão – Aluísio de Azevedo
Apresentação e Notas: Marcelo Bulhões

Cidade e as Serras, A – Eça de Queirós
Apresentação e Notas: Paulo Franchetti & Leila Guenther

Clepsidra – Camilo Pessanha
Apresentação e Notas: Paulo Franchetti

Coração, Cabeça e Estômago – Camilo Castelo Branco
Apresentação e Notas: Jean Pierre Chauvin

Cortiço, O – Aluísio de Azevedo
Apresentação e Notas: Paulo Franchetti & Leila Guenther

Coruja, O – Aluísio de Azevedo
Apresentação e Notas: J. de Paula Ramos Jr. & Maria S. Viana

Dom Casmurro – Machado de Assis
Apresentação e Notas: Paulo Franchetti & Leila Guenther

Esaú e Jacó – Machado de Assis
Apresentação e Notas: Paulo Franchetti

Espumas Flutuantes – Castro Alves
Apresentação e Notas: José de Paula Ramos Jr.

Farsa de Inês Pereira – Gil Vicente
Apresentação e Notas: Izeti Fragata Torralvo &
Carlos Cortez Minchillo

*Gil Vicente: O Velho da Horta, Auto da Barca do Inferno,
Farsa de Inês Pereira* – Gil Vicente
Apresentação e Notas: Segismundo Spina

Guarani, O – José de Alencar
Apresentação e Notas: Eduardo Vieira Martins

Ilustre Casa de Ramires, A – Eça de Queirós
   Apresentação e Notas: Marise Hansen

Inocência – Visconde de Taunay
   Apresentação e Notas: Jefferson Cano

Iracema – Lenda do Ceará – José de Alencar
   Apresentação e Notas: Paulo Franchetti & Leila Guenther

Lira dos Vinte Anos – Álvares de Azevedo
   Apresentação e Notas: José Emílio Major Neto

Lusíadas, Os - Episódios – Luís de Camões
   Apresentação e Notas: Ivan Teixeira

Marinheiro, O – Fernando Pessoa
   Apresentação e Notas: António Apolinário Lourenço

Memorial de Aires – Machado de Assis
   Apresentação e Notas: Ieda Lebensztayn

Memórias de um Sargento de Milícias – Manuel Antônio de Almeida
   Apresentação e Notas: Mamede Mustafa Jarouche

Memórias Póstumas de Brás Cubas – Machado de Assis
   Apresentação e Notas: Antonio Medina Rodrigues

Mensagem – Fernando Pessoa
   Apresentação e Notas: António Apolinário Lourenço

Nebulosa, A – Joaquim Manuel de Macedo
   Apresentação e Notas: M. Angela Gonçalves da Costa

Noviço, O – Martins Pena
   Apresentação e Notas: José de Paula Ramos Jr.

Poemas Reunidos – Cesário Verde
   Apresentação e Notas: Mario Higa

Primo Basílio – Eça de Queirós
   Apresentação e Notas: Paulo Franchetti

Quincas Borba – Machado de Assis
   Apresentação e Notas: Jean Pierre Chauvin

Recordações do Escrivão Isaías Caminha – Lima Barreto
   Apresentação e Notas: José de Paula Ramos Jr.

Relíquia, A – Eça de Queirós
   Apresentação e Notas: Fernando Marcílio L. Couto

Seminarista, O – Bernardo Guimarães
   Apresentação e Notas: Luana Batista de Souza

Só (Seguido de Despedidas) – António Nobre
   Apresentação e Notas: Annie Gisele Fernandes & Hélder Garmes

Sonetos de Camões – Luís de Camões
  Apresentação e Notas: Izeti F. Torralvo & Carlos Cortez Minchillo

Til - Romance Brasileiro – José de Alencar
  Apresentação e Notas: Ivan Teixeira

Triste Fim de Policarpo Quaresma – Lima Barreto
  Apresentação e Notas: Ivan Teixeira & Gustavo Martins

Várias Histórias – Machado de Assis
  Apresentação e Notas: José de Paula Ramos Jr.

Viagens na Minha Terra – Almeida Garrett
  Apresentação e Notas: Ivan Teixeira

Vida e Morte de M. J. Gonzaga de Sá – Lima Barreto
  Apresentação e Notas: Marcos Scheffel

Título	*O Marinheiro*
Autor	Fernando Pessoa
Fixação do texto,	
Introdução e Notas	António Apolinário Lourenço
Editor	Plinio Martins Filho
Produção Editorial	Carolina Bednarek
	Carlos Gustavo Araújo do Carmo
Revisão	José de Paula Ramos Jr.
Editoração Eletrônica e Capa	Camyle Cosentino
Ilustração da capa	José Pacheco
	Revista *Orpheu*, 1915
Formato	12 x 18 cm
Tipologia	Minion Pro
Papel	Chambril Avena 80g/m² (miolo)
	Cartão Supremo 250g/m² (capa)
Número de Páginas	112
Impressão e Acabamento	Bartira Gráfica